天上の鼓《てんじょうのつづみ》

畑 裕子

Yuko Hata

SUNRISE

目次

天上の鼓

天架ける橋のように林道が上へ上へと延びて行く。四十五度に広がった青空が頭上高くで燦然《さんぜん》としている。女生徒たちの甲高い喋り声はいつしか止み、ハミングに変わっていた。足取りも軽く、すがすがしさが全身に漲《みなぎ》っていく。林間を飛び交う小鳥の囀《さえず》りがそうさせるのか、あるいは山の精に自然と身体が呼応していくのか。

車中からの声高な生徒たちの話し声に癖易していたわたしは、耳の周辺が柔らかくなっていく心地よさに浸っていた。土曜日ではあったが、車内はわたしたち一団の専用バスといってよかった。山際すれすれに走るバスの車窓から車内に這いよってくる冷気に触れると山の中腹にあるという廃村の気配がそこはかとなく漂ってくるような気がしたのであった。

生物クラブの顧問となった四月以来、今年こそ、幻の蝶、ミドリシジミの仲間に出会いたいと思っていた。新しい勤務地であるS女子高は鈴鹿山系の端に広がる町にあり、鈴鹿の山を産地とする蝶を採集するには絶好の場であった。

実際の採集は夏休みに入ってからであり、今回は検分を兼ねてのレクリエーションである。若やかな木々の葉擦れが耳を撫でて行く。山にくると自分が透明になっていくのがわかる。太陽に透かされた若葉のように一点の濁りもなく自分が透けてくる。山だけが自分の友のような気がする。

「先生、大変よ。早くきて」

前方から女生徒たちが叫びながら駆けてきた。わたしは遅れをとっていたことに初めて気づく。

「先生、熊、熊」

金切り声にわたしは直ちに身構え駆け出して行った。その先には数名の生徒がいるのだ。頭の中が真っ暗になり、何も考えることができなかった。林道が天からぶらさがっているように見え、駆けても駆けても同じ場所を這いずりまわっている感じがした。

「これ見て、先生」

頭上から声が傾《なだ》れ込んできた。

「みんな、無事」

わたしはそれだけ言うのがやっとで、生徒の頭数が目に入るとその場に座り込んでしまった。

「熊が出るのですって」

早鳴りを続けていたわたしの胸部はいきなり肩透かしをくわされた。

「出たわけではなかったのね」

そう言いながらわたしは痴呆のような顔を向けたのだろう。笑い声がどっと起こった。

いい気なものだと恨めしく思うが、わたしの完敗である。

「生粋の都会っ子でもあるまいに」

わたしは憎まれ口を叩く。鈴鹿山脈を仰ぐ町にいながら、その峰々に登った者は数えるほどしかいなかった。


……熊の出没に注意……


彼女たちはK町森林組合の立て札にやっきになっていたのである。

「あなたたち、いやしくも生物クラブの部員でしょ」

甲走ったわたしの声が山間を木霊していく。

「だって先生、林道はここで切れてますよ」

そういわれてみて初めて気がついた。道はぽっくりと消え、三方は黒々とした森である。道は間違ってないはずだ。わたしは生徒たちを叱咤する。

「必ず標識があるはずだからよく見なさい」

「何だか気色悪い」

示し合わせたように言う彼女たちの声に思わず周囲を仰ぎ見る。四十五度に開かれた空はいつしか閉じる寸前になっていた。道理で暗いはずである。

「あった、霊山への道標がありました」

生徒の一人が失態を挽回でもしたかのように大声で言った。

「そこを真っすぐ突き進んで行くのよ」

「ヒェー」

大仰な声が森の中に跳ね返っていく。悲鳴を上げながら、彼女らは早くも足を踏み入れ始めていた。目を凝らしてみると道らしきものが緑の奥にうっすらと形をなしている。まるで整備のされていない地下道だ。

わたしは十三名の生徒の姿を確かめた後、彼女らの最後尾についた。前進する前に道標を再度、確かめた。十分も歩けば廃村に出くわすに違いない。

「枝で目を突かないように」

わたしは前方に向かって大声を発する。間髪を入れずに木々が顔にしなだれかかってくる。この様子ではたとえ廃村に足を踏み入れたとしても、目指すものは見いだせないだろう。わたしは廃村を通るということを知ってから、密かにある期待を抱いていた。それは幻の蝶とは全く無関係の事柄であったのだが。

数年前、何気なく読んだ民俗学の本で猫三昧という言葉を知った。以来、その言葉が心の片隅に巣くい、地盤の隙を狙うマグマのようにときおり弱ったわたしの心を見舞うのだった。

山深い村で当然のこととして行われていた公然の秘事、猫三昧は水子の墓場であったのである。意識的に流された水子、それはそのままわたしの過去と重なってきた。別れた男に対しては自責の念だけが残った。身勝手さの罰を受けるようにわたしの身体を下った赤黒いどろどろとしたものが脳裏に焼き付いてしまった。


束の間の男との同棲であった。男が好きであったからではなく、どうしようもない虚ろな心を充たすための男は手段にすぎなかった。

当時のわたしはあるイデオロギーと現実を素直に受け入れられなくなっていた挫折者であった。卒業を半年後に控えながら就職にやっきになることもなく、一日中下宿に閉じこもっていた。

そんなわたしの前に現れたのが同郷の二年先輩にあたる男であった。彼は県人会の事務局を担当しているK大の大学院生であった。彼は忘れた頃にきまって簡単な文面の葉書をくれたがそれ以上のものは二人の間にはなかった。

研究者を目指しているという真面目な男に久方ぶりにあったわたしは純粋な彼の精神に清らかな小川の流れのようなものを感じた。

その清流を見つめているとわたしがかかわってきた集団がいっそうどす黒く淀んでいたことを気づかされた。わたしはヘドロの堆積した川からかろうじて身を川辺の草叢《くさむら》に跳ねあげた魚であったのだ。

男はわたしが何に傷ついているのかを察しながらもそれに関しては一言も言わなかった。電車で四十分あまり揺られ、初めて男の下宿を訪れたわたしは夜半になってもそこから出る気力を失っていた。終電車の時刻表だけがデジタル時計のようにチカチカと頭の片隅で鳴っていた。

その夜、わたしは男の胸に我が身を委ねた。誰かに身を寄せなければ自滅してしまいそうな不安が連続的に襲ってきた。男はわたしを無言のまままいつまでも抱きすくめ、放心したような目で見つめると、初めて会った時から君が好きだった、と言った。

男は奨学金と県人会のバイトがあるから君一人の食い扶持くらいなんとでもなると言い、同棲の許可を与えた。わたしは男に縋《すが》るよりなかった。男には地方出身者の朴訥な義侠心があった。わたしが重荷になることを知りながら哀れな女を見捨てることができなかったのだろう。

バイトと実験で毎夜遅い男をわたしは焦《じ》れるでもなく待った。自分の全てを委ねる人間がいるということはいかに精神が安らぐことか。疑心暗鬼の魂の中にしばらく前までいたわたしは赤子の眠りのようなまどろみの中で男の帰宅を待った。

男はぎこちない仕草でわたしを愛撫し、わたしは男の腕の中で別世界の時を過ごした。男とわたしの細胞が一つに解け合っていくのをぼんやりと眺めているのがわたしは好きであった。

全てが盲目的であったわたしは当然の結果として身籠った。医師から妊娠を告げられた時、わたしの身体を立っていられないほどの戦慄が駆け抜けた。わたしは床にうずくまるとこれ以上静かな泣き方がないほどひっそりと泣き始めたのであった。

わたしの脳裏に五か月近い身勝手な姿が次々浮かんでは消えていった。わたしは妊娠によって脳天をハンマーで突きぬかれたのだった。自分は男の将来を踏みつぶそうとしている。わたしは自分が男にくらいつく寄生虫のような気がしてきた。

あなた、学生さんでしょう？　看護婦の声が遠くで聞こえていた。わたしは逃げるようにして医院を出た。

男に置き手紙をして家を出たのは三日後であった。男を翻弄していたのではないかという気持ちと男の生き血を吸う寄生虫のような自分が、自分の最も厭うタイプの女になっていることに気づかされたからである。

妊娠を告げられた翌朝、重い心のまま医院を訪れ、中絶を申し出た。昨日、あなた、学生さんでしょ、と背後から烙印を押し付けてきた看護婦が医師と一緒に処置に携わった。二人は共同して見せしめのように蠢《うごめ》いているかに見えた赤黒い塊をわたしの眼前に突き出した。茫然自失した状態にありながらその時の光景だけは今も少しも鮮明さを失っていない。

男と別れてから、わたしは必死で就職を探した。東京を離れ、見知らぬ土地へ行きたかった。卒業を一月後に控え、くる日もくる日も職探しをしているのはわたしくらいであったろう。

そんなある日、悲壮な顔つきのわたしに一枚の求人票を差し出してくれたのが大学の厚生課の職員であった。地方だが、行く気があれば紹介しますよ。私立高校だが校長がこの学校の出身者でね。昨日送ってきたのですよ。ほとんどの学生は就職先が決まっているし、困ったと思っていたところにあなたの顔が浮かんだわけです。

その後、わたしは私立高校を辞し、公立高校にかわった。学校の方針に我慢のできないものがあったからだ。

土中深く穴を掘り、常に重い蓋がかぶせられていた猫三昧、見てはいけないもの、という暗黙の掟があり、子どもらは字のごとく生まれたばかりの猫を捨てる場所として教え込まれていた。が、それもなん年か後にはきまって彼らの知るところとなった。

山に入るとなぜか気が休まる。専門でもない蝶をなぜ追い始めたのかと問われ、即座に答えられなかったが、もしかすると生への原罪が心の奥底に潜んでいるのかもしれない。こんもりとした暗がりを見つめていると魂が静まっていく。蝶はそんなわたしの心を明みへと誘っていく。

黙々と生徒たちの後を追うわたしの耳に、突然、大音響が飛び込んできた。一瞬、野獣の遠吠えを連想した。が、よく耳をすまして聞くと女生徒どもの悲鳴であった。キャーという声が連鎖音をなし、山中にどよめいているのだ。わたしは今回は落ち着いたものである。蛇のおでましを想像しながら足を早めた。

「先生、早くー」

彼女らの声をとりまくように蛙が一斉に鳴声を上げ始めた。いったん静まりを見せた蛙たちの声も新たな闖入《ちんにゅう》者によって再燃したらしい。何百匹もの蛙が山を揺すっている。大蛙に今にも呑み込まれてしまいそうな恐怖が背筋を走っていく。

「蛙がびっくりしているのよ。恐がることないから」

そういうわたしもへっぴり腰であったに違いない。山歩きは数え切れないくらいしていても、これほどの蛙の雄叫びを耳にしたことはなかった。先ほど、深山におどろおどろしく響き渡っていたのは生徒たちの悲鳴に加えて蛙の大音響が混成されていたのだろう。

「先生、これ以上進めません」

一人が言い出すと皆、口々に言い始めた。

「今までの生物クラブは顕微鏡で植物の細胞を観察することが主だったんですよ」

部長が不服そうに言う。

「先生、うちの学校は女子高ですよ」

だからどうだというのだ、とわたしは心の中で呟きながら言葉を選ぶ。

「世の中に出たら、女だから免除されるという甘えは通用しないのですよ。男、女に関係なくそれぞれの能力を生かしていかなくてはね」

「わたし、お嫁さんになるものねえー。先生のように独身で」

そう言いかけた生徒の一人が慌てて口を閉じた。こういうとき、彼女らと向きになってわたりあうのは不利である。

「しかし、未知のものに向き合うのは魅力ですよ」

わたしはさりげなく返し、彼女たちの判断を待った。ふと足元を見ると清水が人の頭ほどの石の隙間を縫って流れている。道理でお化け蛙がいたわけだ。ようやく人心地ついたわたしは木の間越しに前方を見渡した。幾枚もの緑が層をなして奥へ奥へと続いている。

やがて、緑に慣れたわたしの目は緑海の中に異質のものを見いだした。石垣のようなものが両側にほの見える。廃村に違いない。

「あれー、蛙の声が止んでいる」

いきなり、素っ頓狂な生徒の声が早鳴るわたしの胸に拍車をかけた。言われてみれば蛙はグワッとも鳴いていなかった。

「蛙どもは互いに身の危険を知らせていたのでしょ」

わたしは素っ気なく言う。

「ねえ、行こうよ。ここまできたのだから。先生、そうでしょ」

蛙が鳴き止んだせいか、部長はわたしに同調する気配である。

「あそこ、ほら、うっすらと石垣のようなものが見えないかしら」

わたしは弾んだ声で言う。

「見える、見える」

彼女たちは今しがたの言葉を忘れたかのように意気込んで前進を始めた。

「廃村の実態をよく観察しておきなさいよ」

わたしは背後から声をかける。観察をしながら猫三昧を探すつもりであった。

「先生、石垣、腐った柱もあります」

ほどなく興奮気味の声が返ってきた。廃村の際に猫三昧は埋められた可能性が強い。しかし、幾分の窪みがないとはいえないだろう。わたしは猫三昧を探す強力な手がかりを得ていた。(猫三昧の近くには地蔵さまがあることが多い)別の文献にそう記してあったのだ。石垣は少しの崩れも見せていなかった。沢に沿って家が並んでいたに違いない。家屋の跡らしいほんの一握りの平らな土地には離村後の年月を思わせる杉が植わっていた。調べたところによるとこの村の離村は戦前から始まっていたらしい。最後の離村者が昭和三十年代の初めということだ。

生徒たちは真面目にわたしの言葉を実行に移している。採集した植物をビニール袋に入れている者。朽ちた柱の苔を大事そうに剥がしている者。

「家々はもはや、山に還ったみたいですね」

部長がかたわらにやってきてそう言った。

わたしは一抹の寂しさを覚えながら微笑んだ。この廃村にも幽霊村のような時期があったに違いない。朽ちた御身を隠すようにして草叢に横たえている柱も、数十年前には捨てられた怨念を剥き出しにして空に突き立っていたのだろう。

「土に還らないものがありますよ」

部長は大きな石を指差した。見ると中が窪んでいた。

「これは手水鉢《ちょうずばち》ね、きっと」

わたしはそう言いながら石垣伝いに歩き、山際と平たい地面との隙間に意識的に目をやった。猫三昧や地蔵さまがあるとすればそういったところであろうから。肉体の一部もいまや大地に還り、樹木を茂らせているであろうことを思うと、生と死は果てしない宇宙においては一体なのだろう。

足元が急にふんわりとした。はっとして下を見ると、正体は定かでないが家屋の残存物が朽ちた跡らしかった。そこだけこころもち膨らみをもって下草が茂っていた。

「先生、お地蔵さま、お地蔵さまがあります」

わたしはその声の方に飛んで行った。地蔵さまは山際に立てかけられるようにしてあった。わたしの目はすぐその周囲にいった。どういうわけか地蔵さまの周りは草の茂りが薄かった。

「花立てが転がっている」

生徒の一人が草と見紛うような緑の筒を指差した。墓地でよく見るプラスチック製の竹筒である。

「こんな所までお参りにくる人があるのかしら」

「きっとかつて住んでいた人よ。故郷はいつになっても懐かしいのよね。生地へのノスタルジア、ね」

彼女らの声を尻目に、わたしの頬は興奮で火照り始めていた。たんなる地蔵さまへのお参りではないのだ。これは泣く泣く水子にした人が許しを請いにやってきた証だ。魂鎮めにくる人が今もあるということだ。わたしは叫び出さんばかりになっていた。

顔を紅潮させていつまでも無言のまま突っ立っているわたしを生徒は奇妙に思ったのだろう。

「先生、気分が悪いのですか」

そう言いながら、遠慮がちに顔を覗き込んだ。

「どうもないの。ただ、ちょっぴりここで暮らしていた人々の胸の痛みに触れただけ」

わたしはそう言って転がっていた筒を地蔵さまの前に立てた。

口からついて出た言葉は真実であった。ほんの数分ではあったが、わたしは赤黒い分身を体内から切り裂いた女達と心身の痛みを共有したのだった。

猫三昧の話を彼女たちにしてみようかとわたしは一瞬、思案したが結局断念した。堂々と話せる自信が自分にはないような気がしたからである。さらに転任して間もないわたしはまだ生徒たちの心を摑みかねていた。避妊の方法も知らなかったなんて原始的ね、などと言われてしまえば堪らない。

わたしはなおも低まった箇所を見いだそうときょろきょろする。

「何か、落としたのですか」

訝《いぶか》しそうな生徒の言葉に慌てて首を振る。不審な挙動をカムフラージュするようにわたしは地蔵さまの前に跪く。

ひたすら手を合わせて合掌するわたしを真似てか、三体の地蔵さまの前に跪《ひざまず》く気配がかたわらでする。

「あれー、気色悪い」

その中の一人が突然、声を張り上げた。見ると外れにいる生徒である。

「なんだか、沈んでいくみたい」

わたしは即座に立ち上がり、生徒のそばに行った。彼女を押し退けるふうにして踏みつけられた草叢を見つめる。総立ちになった一団の立っている場より確かに窪んでいる。わずかに丸みを帯びて周囲の草叢に同化している。

張り詰めた眼差しに向かってわたしは興奮気味に言う。

「ここは恐らく、便所跡よ」

オーバーな悲鳴と同時に二、三の生徒が慌ててその場を離れた。

「とっくの昔に大便も小便も土に還っているわよ。みんな、みんな土に還るのよ。あなた方もわたしも」

わたしはそう言いながら大地と化した水子のことを思った。平静を装っていたが、胸は早鳴っていた。この微かな窪みは生徒に話したようにたんなる便所跡なのかもしれない。が、わたしにとって真実がどうであれ、地蔵さまの近くに猫三昧らしい跡を見いだすことができた、それだけで十分であった。

わたしは憑きものが落ちたようにしばらくほうっとして猫三昧のそばに立っていた。生徒たちの晴れやかな声が聞こえてきた。その声を耳にしながら生命が縷々《るる》として受け継がれていることを思った。

「もう少し行くと、H大学の山岳部の山小屋があるから」

ガイドに載っていた通りわたしは答える。

「松や樫の木に目をつけながら登りなさいよ」

そう呼び掛けながら、今回の山登りはミドリシジミの仲間を採集するための下準備であったことを思い出す。

石垣は終わりを迎えたようだ。その終点を示すように山小屋が三戸並んでいた。

「わたくしども、姫はとてもこんな所で合宿はできません。野郎だからこそ、お化け蛙と夜を共にできるのでございます」

剽軽《ひょうきん》な部員が大石の上によじ登り、山小屋を指差しながら口上を述べていた。

「ヤッホー、青空だ、青空だ」

晴れ晴れとした声が輪になって聞こえてくる。樹木の中の沢筋をひたすら登ってきた感慨を遅ればせながら味わおうと、足を早める。頭上に明るい光が差し込んできた。尾根を目前にしたわたしは安堵感に浸る一方、背を引っ張られるような廃村への郷愁に捉われる。

全開した青い空が目に染み入ってきた。暗緑色のトンネルを無事抜け得た解放感からか、頭の中が白んでいく。その白みを縫うようにして廃村での光景が浮き沈みする。二か月後、幻の村は真夏の太陽さえも拒もうとしているだろう。

わたしは山に還った村を雄飛するヒサマツミドリシジミやキリシマミドリシジミを思った。その頃、石垣の周辺はいっときの賑わいを見せているかもしれない。山の男たちは年に一度、精霊を呼び起こすためにやってくる使者なのだろう。

前方から慌ただしい気配がしてきた。つんのめるようにして下ってくるのは今しがた意気揚々と登って行った先頭集団であった。

「どうしたの」

異常なほどの彼女らの狼狽ぶりにまたか、と思いながら昂《たかぶ》った声を上げていた。彼女たちはわたしの問に対して言葉を忘れたかのようにただ、上方に向かって指差すばかりである。

「黙っていてはわからないでしょうが」

わたしは叱咤するが駆け登って行ってその正体を見極めるほどの勇気はない。今度こそ、熊、いや、そんなはずはない。が、手を拱《こまね》いているわけにはいかない。十三名の命を預かっているのだから。

飛び出して行こうとした時、ようやく生徒の一人が口を開いた。

「姥捨て、姥捨てなんです。映画で見た『楢山節考』そっくり」

息急き切った要領を得ない生徒の答にわたしはきょとんとする。

「お婆さんが捨てられそうなのです。お婆さんを背負って捨てにやってきた人がすぐそこにいるのです」

かたわらの部長が説明した。わたしは耳を疑った。今の世にそんな馬鹿な話があるはずない。そう思いながら駆け登って行った。

尾根道の両脇は、いつしか熊笹に変わっていた。熊笹の向こうに白いものが見え隠れしている。距離が縮まっていくにつれ、人の頭であるらしいことがわかった。それだけを見つめていると頭が宙に浮いているようであった。

先ほど七合目を過ぎたばかりだ。海抜八百メートル近くはあるだろう。白髪の老女の好んで登ってくるような場所ではない。白い鬼火が笹原を浮遊しているのではなかろうか。天空を塗り潰す青空がせめてもの救いであった。

息を殺して歩み寄るわたしの後を言葉を失った生徒たちがついてくる。彼女らをときおり振り返っては、わたしは自分が追っているのは幻ではないことを確かめる。耳を過《よぎ》る小鳥の囀りも幻聴ではない。

尾根道が直線を表し始めた時、白いものの下にもう一つの頭を見た。目を凝らして見ると、黒い頭の下方に二つの足がふんばっていた。二つの頭はいっとき静止したかに見えたが、次の瞬間、揺れ動き完全な二体となって眼前に現れた。

まさか……、わたしは心の中で打ち消しながら近づいて行く。二人はこちらを見つめている気配である。四、五メートルまで寄った時、前方の人間が申し合わせたようにていねいにお辞儀をした。

「お登りでございますか」

五十格好の女性がにこやかに声をかけてきた。わたしはとってつけたような礼を返し、なおも二人を見つめる。彼女の荒い息づかいを耳にしながら、背中の老女と彼女はちょうど親子の年代だと憶測する。老女は影のような姿を風に靡かせ、後方の女生徒に目を奪われているようだ。

「わたくしどもも頂上まで。ほうれ、向こうに見えているまあるいお山、あれが神のお山の頂でございます。その手前のお山が第二のお山、経塚山でございます」

「二人でお登りなのですか」

わたしは恐る恐る尋ねる。

「廃村を通って婆さまと登って参りました」

女性は誇らしげにそう言った。老女には何も耳に入らないのだろう。遠いものを見るように娘たちを見つめている。

張りつめていたものがしだいに緩んでいく。

「ここまで一人で背負って！」

わたしは感嘆の声を上げながらもすっかり不審を取り除いたわけではなかった。生徒たちは後方で身じろぎもせずわたしと女性のやりとりに耳を傾けている。女性はタオルを取り出し、突っ立ったままの老女の胸元に手を入れた。

「あれ、まあ、婆さまびしょびしょですよ。こんなに汗をかかせては婆さまの身がいちだんと細ってしまう」

女性はまるで自分に言いきかせるようであった。老女は彼女に身を任せ、目を細めている。誇りを失わない老いた白猫、そんな思いがふと脳裏を掠《かす》め、わたしは身震いしそうになった。

　女性の額から持ちこたえられなくなった汗の玉が崩れていく。目に入りそうになってようやく彼女は自分の額にタオルをあてる。

　この時、初めて老女が着物姿であることに気づいた。不思議そうに老女を見つめるわたしを見て、彼女は言った。

「婆さまは一張羅を着てきたのです。こう見えても婆さまは、昔は舞の上手であったらしいですよ」

　彼女は愛おしそうに老女を見つめる。その言葉がわかるかのように老女はまなじりを和らげる。先ほど老いた白猫を連想したのは根拠があった。よく見ると、老女には猫のような気品が漂っているのである。老女はかつて、踊りの師匠であったのだろうか。化け猫の怖れは消えはしたが、まだ腑に落ちない。彼岸に近い老女の山登りはどう考えても尋常とは思えない。

「どうやら、早とちりをしたみたいですね」

　部長がわたしの耳元で囁いた。わたしはうなずきながら何やら狐につままれたような面持ちである。

　その時、老女が口を動かし微かな音を発した。

「婆さまはとても嬉しいそうですよ。あなた方に会えて」

女性はすかさず通訳した。音声だけで彼女には老女の気持ちがわかるのだろう。膜のかかったような老女の目には生徒たちの姿も定かでないかもしれない。だが、老女は彼女たちの姿を追うように穏やかな眼差しを投げ続けるのだった。

「ずいぶんお疲れになったことでしょう。元気な娘たちもいることですから、わたくしたちに婆さまをお任せ下さい」

「お志はありがたいが、婆さまを背負うにはコツがいるのです。下手をするともろともに谷に落ちてしまいます」

彼女の言葉はもっともであった。

「それなら荷物をお持ちしましょう」

「ありがたいことでございます」

彼女はそう言って、首にかけていた包みをわたしに手渡し、婆さまの背にまわった。生徒たちの手が我先にと包みに向かって延びてきた。何やらごそごそさせていた女性は、婆さまの腰の辺りからもう一つの包みを取り出した。

「これは鼓でございます。婆さまの宝のようなものですから大事に持って下さい」

彼女はそう言ってわたしに唐草模様の風呂敷包みを渡した。

「婆さま、さ」

彼女は低まった所に足を置き、婆さまを手招く。

「よいしょ」

掛け声とともに婆さまは宙に浮く。

「おー、軽くなりましたこと」

女性の背から、婆さまの仄白《ほのじろ》い足が覗いている。

笹道を縫って奇妙な一行が頂上を目指していく。先頭は陽気な女高生の一団だ。彼女らは後方を振り返り振り返り進んでいく。わたしは風呂敷包みを抱き抱えるようにして最後尾を行く。

「あなたさまは先生でございますか。若さという宝に勝るものはこの世にございますまい。老いて身寄りのない方々をお預かりしているわたしには、とりわけそう思われます」

「施設で働いていらっしゃるのですか」

間髪を入れないわたしの問いに、女性はゆっくり頷く。安堵感が身体にじんわりと広がっていく。

尾根道はしだいになだらかになり、周囲は一面の熊笹の原となっていた。

「娘さん方がわたしどもを引っ張って下すっているようです。思わぬ道連れに何といっていいか」

女性は喘《あえ》ぎ喘ぎ言う。

「交替いたしましょうか」

「いや、大丈夫でございます」

彼女は即座に返してきた。筋肉が隅々にいきわたった見るからに頑健な体つきではあったが、かなり無理をしている様子であった。夢見るような老女の横顔がときおり、垣間見えた。

やがて尾根道は山面となり、なだらかな第二のお山が目前に見えた。

「あれが経塚のお山でございます。わたくしどもは神のお山までは参りません。神のお山をあそこから仰ぐのです」

婦人は経塚の山を指差し、意志的な顔をした。

「絶景かな、絶景かな」

第二の山に辿り着いた生徒たちが口々に叫んでいる。上方からの声を受けるようにして周囲を見渡す。天の原となった熊笹の原が足下に続き、間近くなった頂は限りない天上の世界を思わせた。わたしは息を飲んで一時その光景に我を忘れた。

「婆さま、もうすぐですよ」

女性の太い声に促され、わたしは包みをしっかりと持ち直す。木霊がおもしろいように山々を駆けていく。風呂敷の中の鼓が妙に重みを持ってきた。彼女は最後の力をふり絞っているのだろう。歯を食い縛っている横顔が斜《はす》かいに見える。

上方から生徒たちの熱い視線が降ってくる。

「おー、着きましたぞ」

女性の声が大きく尾を引きながら天上の世界に木霊していった。

老女を降ろした彼女は呆然と突っ立っている。彼女の目からキラリとしたものが一滴落ちた。厳《おごそ》かなものに触れた思いで、わたしは思わず後ずさりをした。老女は娘たちの差し出した手を枯れ木のような手で撫でている。

「お山の頂に美しい花が咲いたようです」

女性はいつのまにかたわらにきたのか、感慨深げに言った。

老女を芯とした花から笑いがこぼれ、静かな神々の山は一瞬にして様相を異にした感じであった。笑いは老女に聞こえるはずもなかったが、老女の顔は綻《ほころ》んでいた。

経塚の山と神の山はこの世の刺々しさをすっかりなくしたような山として周囲から卓抜していた。これでこそ女神の山だ。わたしは一人、呟き、四方を見渡した。周りの山々は女神にひれふさんばかりに腰を低く辞し、完璧なまでの眺望を作り出していた。

眼下に広がる平野には集落が点在し、遥か彼方の湖上では雲海に浮かぶ小島のような島が幻の世界を現出していた。神々の国づくりはいかなる人間の力をもってしても及ぶまい。わたしは言葉もなく魂を奪われたように立ちつくしていた。

やがて、耳の奥の方で微かな音色がしたかと思うとしだいに膨らみを帯びてきた。わたしは目を閉じ、その音色に身を任せた。天上に向かって浮上していくような不思議な心地であった。

まるで天上の鼓だ。わたしは夢から醒めたようにはっとして生徒たちの方を見た。そのそばで鼓を打っているのは女性であった。端然と正座した彼女は別人のように見えた。鼓は溢れる光の中を煌々《こうこう》と天空に上っていく。

その時、つと輪の中から立つ者があった。目を見張る間もなく、老女は舞い始めた。静かな、きわめて静的な踊りであった。生徒たちが唖然と見つめる中で、老女は両の手をゆっくりと動かしていく。老女の顔面からは一切の表情が消え、顔そのものが能面と化していった。萎えたような足は熊笹に隠れ、神の山に向かって舞う白髪の老女はとてもこの世の人とは思えなかった。雲一つない青空の彼方から今にも雲に乗った仙人が現れ、老女を伴っていきそうな奇妙な感覚に見舞われた。

わたしはしだいに、あの世とこの世の狭間がわからなくなっていった。眼の片隅に映る生徒らの姿がかろうじて現実に連れ戻していく。

下界で誰がこうした光景を想像しようか。もし、この場に幻の蝶が飛び交えばわたしは間違いなく意識を混濁させていったに違いない。

現《うつつ》を失する寸前のわたしの耳の中で耳なりのようなものが始まった。

（婆さまもこれで何の未練もなくお迎えを受けることができましょう。婆さまの願いは十数年来、世話をしてきたわたしの悲願でもありました）

女性の声は震え、瞳は涙で潤んでいた。

鼓が鳴り止んだ後も、老女は無心に舞い続けていた。生徒達も鼓の音の消えたのに気づかないでいるようだった。そのうちわたしは鼓が依然として鳴り響いているような錯覚に陥っていった。

鼓は鳴り止んではいないのだ。山々に木霊し天まで届いているではないか。

「婆さまの定かな歳は誰も知りません。九十を超えているとも、百歳に近いとも言われています。確かなのは、婆さまが神のお山の懐にあったかつての村の出身であったということです」

女性は急速にわたしを現の世界に連れ戻していった。

「わたしたちが通ってきた廃村でしょうか」

「そうでございます。人が住んでいた所とはとても思えますまい。実を言いますと、わたしの実の両親もそこの出であったのです。わたしは親たちが村を出る前に廃村となった村で生まれ、三月もたたないうちに養女にやられたということでした。育ての親が死ぬまでわたしは事実を知らなかったのです」

女性は一瞬、言葉をつまらせたかに見えたが、すぐさま厳かな顔つきに戻り、重々しく言った。

「人と人との結びつきほど不思議なものはありません。実の親を知らないわたしが、親のような婆さまに出会うなどとは。しかも、婆さまは廃村の生き残りであったのですから」

彼女は一息つくと、こころもち声を落として言った。

「あのそばには猫三昧があったのでございます」

「地蔵さまの近くに、そして花立てが」

わたしの言葉はうわずっていた。

「若い人にはなんのことかわかりますまい。わかる必要はございません。花立ては恐らく村を下りて行った女たちが持って参ったものでございましょう。地蔵さまのそばには彼女たちの魂が眠っているのでございます。死が間近くなっても女の痛みは忘れられないものなのでしょう。数年前にも足を引きずりながら登ってきた婆さまが地蔵さまの前で行き倒れになり、大騒動になったことがございました」

わたしの身体の深部でなにものかが共鳴していく。懐かしいものに遭遇したかのような熱いものが胸中に漲っていた。

「婆さまには身内はございません。若嫁の頃の子堕ろしが祟り、婆さまはややができない体になってしまったのでしょう。十四、五で嫁に行けばややも養いかねるほどできますからね。子のない婆さまは山を降りた後、舞や三味線で身を立てたのでございましょうか。なにしろ、わたしが婆さまをお世話し始めた十数年前には、すでに耳も遠く、言葉も不明瞭でございましたから。ただ、舞だけは忘れていない様子でした。あのような舞をまってはわたしに鼓を打ってくれという仕草をするのです。この鼓は婆さまの生きてきた証なのでしょう」

女性は言い終えると愛おしそうに鼓を撫でた。彼女の言葉がわたしの脳裏で巻き戻されていく。

「わたしは猫三昧に入るのをかろうじて免れた女です」

唇を噛みしめた後、彼女は放心したような表情で空の彼方を見つめていた。

「施設で働き始めた頃は昔のことを現実のように語られるお年寄りに面くらいましたが、

その人にとって大切な過去は少しも損傷することなく頭の奥にしまいこまれているのですね」

　彼女はしんみりと言う。物珍しい話ではないが、わたしには真理をつかれたような重みをもって響いてくる。

「婆さまも譫言《うわごと》のように、崇りだの猫三昧だのと呟いていたことがあります。崇りなどといえば今のお人には笑われるでしょうね」

　ふと老女の方を見たわたしは思わぬ光景に目を奪われ、言葉もなく女性の袖を引っ張った。神のお山に向かって生徒たちが総立ちになり舞を舞っていたのである。その中心に花芯のような老女の姿があった。限りない天上に延びた手は天への憧憬を象徴しているようであり、たおやかな山容で周囲を圧する女神の山々にふさわしい光景であった。

　声もなく見つめるわたしと女性に気づいたのか、娘らの数人が笑みを返してきた。熱いものが胸中に湧き起こり、わたしはいつになく彼女らに親近感を覚えた。生徒と教師というよりも同性としての。

　が、よく見ると、娘たちの足腰はロック調になっていた。手だけがひたすら神の国へ向かい、下半身が現実そのものを謳歌しているように見え、わたしは思わず微笑んだ。

　霊山として名高い二つの山は、わたしでさえ舞ってみたくなる不思議な山であった。下界を見下ろす神の楽園とでもいえそうな法楽さを神々しさの中に抱いていた。

「婆さまの子どもの頃、このお山の頂で村相撲があったということでございます。麓の村々から老若男女が集い、お茶や飴湯を売る者も出て、娯楽の少ない当時のことでございますから相当の賑わい振りであったと聞いております。そして、相撲の始まる前に儀式として舞をまったとも聞いております。その時、婆さまはどうやら、舞を奉納する巫女のような役目をしていたらしいのです。そうした風習があったということを知っている者はもはやわずかになってまいりましたが」

下界人に許された年に一度の草相撲の日、それは神の楽園の唯一の解禁日であったのかもしれない。ファンファーレを告げる婆さまの舞は衆人の目を一同に集めるものとなったに違いない。

老女はなおも舞い続け、後部で束ねられていた白髪が生き物のように抜け出し、幾筋も風に揺らめいていた。下肢は静止しているといってもよかったが、手は依然として天上に向かい静まることを知らなかった。

老女がこのまま天に召されても何の不思議もない。そう思わせるほど、老女の表情は現し身から遠ざかっていた。生徒たちはすでに踊りを止め、老女の舞に魅了されているかに見えた。

その時、輪の中から突然、悲鳴が上った。

「婆さまが死んでしまう、婆さまの舞を止めて下さい」

部長が立ち上がりわたしと女性に向かって懇願していた。

老女は死を渇望しているのではない。老女は渾身の力をふり絞って生を謳歌しているのだ。わたしは心の中でそう叫んでいた。

だが、そうしたことが生徒らにわかるはずもなかった。老女の舞には確かに命の揺らめきを彷彿とさせるものがあり、事情を知らない部長がせっぱ詰まった声を上げたのもわからないではなかった。

眼裏に幻の村が浮かび上がってきた。樹木に閉ざされるようにして息づいていた村。大雨や大雪ともなれば木々が両脇からしなだれかかり、完全に地下の世界となったであろう村。薄暗がりの中で蠢くようにして生活する人々の気配がしてくる。

老女の手は間違いなく煌《きら》めく太陽、果てしのない青空を憧憬しているのだ。わたしは暗がりにうずくまるようにして生きる老女の姿を遥か向こうの眼下に見ていた。

老女の舞が止んだ後も、鬼気迫った老女の手が阿修羅のようにわたしの脳裏で躍動していた。

花不動

不動さまの石段から眺める海がガラスの小片を撒き散らしたようにきらめいていた。時《し》化《け》た日には鬼岩のように見える小島もぽっかりと浮き島の穏やかさを見せている。

「お爺さんが迎えにきなさっただか」

津多はむにゃむにゃ呟く。彼女はまだ覚めやらないらしく眠りにおちいろうと前に傾く体をあわてて元に戻す。そんなことを二、三度繰り返しているうちに、岬の向こうに緩やかな弧を描いて広がる海面がくっきりと眼に映し出されていった。

「やれやれ、まだ手も足もあるわい」

彼女は独り言ちながら腕や胸に触れ、安堵した。が、片足を棺桶に突っ込んでいたような肌ざわりが残っていた。目元もしょぼしょぼとした感じがする。おおかたお爺さんを追って三途の川でも渡っておったんだろ。くわばらくわばら。津多はそう一人合点すると大きく伸びをした。不動さまを前にして泣き叫んだことも霞のように頭のどこかへ消えていた。

桜の花びらがひとひら蝶々のように舞っていく。目を奪われているとかたわらの弁当箱の上に舞い降りた。津多はあわてて空の弁当箱を手提げ袋の中にしまった。お昼をすませたあと、片づけもしないでうたたねをしていたらしい。津多はばつの悪さを言い訳するように陽気のせいだが、と呟く。もう少しいくと確か丹後松島があっただが。彼女は丹後半島一周の道路が開通したとき、町のマイクロバスで半島巡りをしたのを思い出した。三十年も前のことだ。この辺りはちっとも変わっとらんが。懐かしいようなわびしいような気持ちで津多は周囲を眺めた。末息子を妊娠していることに気づいたのが半島巡りの直後だった。四十の恥かきっ子を生むか生まないかで悩んだものだ。

津多は今朝、家の庭の桜が七分咲きになっているのに初めて気がついた。常の年なら栄太郎爺さんと毎日桜の木を見やり、何日頃が満開になるだろうと言い合うのが習いであったのだが。

彼女は開花した花を見るや奥の間に走り、座卓を縁側に引き出してきた。それからお爺さんの遺影を持ち出し、その上に置いた。

「今年もみごとな花になりましただが」

お爺さんにそう語りかけ、桜の花を眺めているうち、津多はにわかに不動参りを思い立ったのであった。

津多と栄太郎爺さんには五人の子どもがいた。いずれも成人していたが末息子だけが未婚であった。お爺さんは五本の木をそれぞれ五人の子どもになぞって眺めるのが好きだった。桜の木は子どもたちの誕生前からあり、同じ時期に子どもたちのひい爺さんが植えたものであるのにどういうわけか、木に大小があるのだった。

――いずれ、同じ背の丈になると思っていたが、どうもあの右端の桜はあかん。花ももうひとつじゃ。大屋根の庇の陰になっとるせいだろうか。

お爺さんの心配はそのまま末息子に重ねられていることを津多は知っていた。だが、彼はあからさまにそのことを口にしない。津多の言葉を待っているのだ。

――まわりの者があせってもこればかりはご縁のものだから。こんな田舎に戻したのがいけなかったかねえ。三十になるというのに……。

二人の会話の結びはきまって末息子のことになり、深い嘆息が彼らの間をいきかった。あとの子どもたちは都会に出て、みなそれなりの暮らしを立てていた。そのことは栄太郎爺さんのひそかな満足となっていた。

大屋根に押されるようにしてある桜の木は枝ぶりも貧弱で花も少なく幹もほっそりとすべてが他にけおされていた。が、末端で枯れもせずけなげにふんばっている姿を見ると津多は居ても立ってもいられなくなってきた。お爺さんを早く安心させてあげんとなあ……、あの世でゆっくりできんだろうが。

津多はいつしか涙ぐんでいた。それはお爺さんへの追慕からきているものではなかった。おびただしい会葬者の中に緊張して佇む喪主としての末息子の姿が彷彿としてきたからだった。彼はいつからか跡取り息子になっていたのである。

この半年余りの間、お参りどころではなかった。息子を助け、忌み明けの仏事を次々行っていかなければならなかったからだ。お爺さんの死の直前まであちこちの縁結びの神や仏を日課のように巡り歩いていた彼女だった。

神や仏にお願いしてもそれがある種の気休めであることくらいは津多にもわかっていた。だが、彼女としてはそうしないではいられなかった。神でも仏でも何でもよい。山深い所にある神社の縁結びの神が霊験あらたかであると聞けばすぐさま出かけて行ったし、怪しげな祈祷師のところにも出かけていった。とにかく都会から末息子を連れ戻した以上は親として責任をもってやらんとあかん。栄太郎爺さんも津多も固くそう思い込んでいた。

朝の残り物を弁当箱に詰めると、津多はせかせかとバスの停留所に向かったのだった。冬には雪で閉ざされてしまう岬の突端に近い不動さまは時期を逃すとお参りができなくなってしまう。半島をぐるりと巡るバスの回数がどのくらいあるのだろうかなどと頭を働かす余地は彼女にはなかった。とにかくバスに乗ってしまえばなんとかなる。津多にそうした気持ちを起こさせたのは桜の木ばかりではなく、どこまでも広がる青空のせいでもあった。津多は外界から生の息吹を浴びせられたのである。

不動さまの前に跪《ひざまず》くと、末息子の行く末を案じて彼女は一心に祈った。ただ手を合わせているだけなのに涙が溢れてきて仕方がなかった。皺をつたい首筋まで滴《したた》ってきた。どのくらいたったときであろうか。津多の口から突如として思わぬ言葉が飛び出した。末息子を堕胎《おろ》しとけばよかっただ。堕胎《おろ》しとったらこんな苦労も……。津多は口をついて出た言葉を叩きつけるかのように必死で頭を両の挙で殴りつけた。だが、叩いても叩いても言葉はふくれあがり、頭の中を占領していった。

よりによってこんな場に。この罰当たり者めが。津多は泣きながら叫んだ。叫びながら口にこそ出さなかったが実際、末息子を生んだのを悔いたことも一度や二度ではなかった。不動さまが醜い自分の本性を見せなさっただが。津多はひくつきながら観念した。そして自分が恐ろしい山姥に変身してしまったような気がして思わず口元を撫でた。なんてこった。末息子がいたからこそ葬式もあげられたというのに。末息子を愛しく思う気持ちと重苦しく思う気持ちがガラガラと彼女の頭の中で鳴っていた。

人心地ついた津多を不動さまが睨んでいた。夢、夢だったか。彼女はそう思おうとしたが、涙の跡が張って顔面がごわごわしていた。疲れが自分を悪魔にしただが。津多は長い間深々と頭を下げ、不動さまと息子に許しを請うた。

津多はお供えがまだであったことを思い出し、賽銭箱のない不動さまの前に五百円玉をひとつ置いた。線香も忘れるほどの急な出立だった。

「遠くからきただで不動さまも無礼を許しておくれだろう。いやいや……」

津多は先ほどの取り乱した自分を思い起こすが、それもしだいに夢か現《うつつ》かわからなくなっていった。

時計を持たない彼女にはバスがやってくるときが乗車時間であり、錆《さび》の張りついた時刻表など見むきもしなかった。唯一彼女の頼りとなっていたのはバスを降りたときの運転手の言葉であった。

「婆ちゃん、次のバスは四時だよ。ずいぶん待たんとあかんけど、大丈夫だか」

彼は降りた津多のうしろ姿を振り返り、振り返り岬の向こうに走り去っていった。帰りのバスが再び巡ってくる。津多にはそのことだけで十分だった。

お参りをなんとかすませ、石段に腰をかけているとひんやりとしたものが臀部を撫でていたが、それもやがて体温の温もりの中に同化されていった。ふたかかえもありそうな桜の古木が不動さまを守るように枝をのばしている。津多は道に突き出した桜の枝の下をバスが通り過ぎていったことを思い出した。そのときはなにげなく見つめていたのだが、にわかにバスが満開の桜の精に吸いこまれてしまったような錯覚にとらわれ始めた。

「家の桜も不動さまの桜にはかなわんわ」

そう呟きながら、津多はなにかしら不安になってきた。罰当たりな自分が思われ、バスが二度とやってこない気がしてきた。だが、春の人を恋うるような光を浴び、崖下から聞こえてくる優しい潮のささやきを耳にしているうちに津多は再び眠りの世界に誘い込まれていった。

津多がいともたやすく眠りに陥るのは理由があった。彼女はうち続く仏事を終えるまでは病気ひとつしてはならないと自分に言い聞かせていたのだ。栄太郎爺さんの突然の死を悲しんでいる余裕など彼女にはなく、仏事の他に五人の子どもを呼びよせ、遺産についての相談もしなければならなかった。田舎では少しは名の通った家である。津多の心の中には仏事ひとつにしても後指さされるようなことだけはしたくないという矜持があった。

幸い、遺産相続も何の悶着もなく、兄姉が末息子にそっくり譲った。こんな所の土地を貰っても仕方がないな、と彼らは口々に言ったが、津多にはそれが家を継いだ弟への彼らの思いやりであることはわかっていた。

残るは初盆と一周忌だけだと思うと、津多は肩の辺りを固くしていたものがにわかにほぐれていく気分になっていた。栄太郎爺さんの遺影に語りかけたのも葬儀以来、初めてのことであった。

「お爺さんみたいにわたしもころりといきたいものだ。お迎えのときはそんなふうに頼みましただが」

そう独り言ちたあと、津多はあわてて首を振った。

「だめだめ。大役が残っているだが。お迎えに応じることはなんとしてもできん」

彼女は恐ろしそうに言い、自分を鼓舞させていた。

津多の耳もとで何かが唸っていた。彼女は瞑《つむ》った眼を無意識のうちに歪め、眉をひそめた。津多は白無垢を身につけ、黒塗りのハイヤーの中にいた。かたわらには女学校の先生である仲人さんが満面に笑みを浮かべ、津多の緊張を少しでもほぐそうとするかのように言葉をかけてくる。

が、津多は妙な地響きのようなものが先ほどから気になってならなかった。昨夜の寝不足からくる耳なりかと疑ったが、その不気味な音は峠路の向こうから聞こえてくるようだった。やがて彼女の不安を裏打ちするように濃い草色のトラックが前方に現われた。国道とはいっても山を両脇に抱え込んだくねくねとした峠路である。大きな車がすれ違うには無理であった。運転手は列をなして峠路を下ってくるトラックに怖《おじ》けづいたのか山際ぎりぎりに車を寄せ、停車した。

津多はその側を次々と通り過ぎていくトラックを声もなく見つめていた。どのトラックの荷台にもカーキ色の服を着た兵隊が満載されていた。彼らは一様ににこりともしなかった。白無垢の下で身体が波打ち鳥肌だっていくのが感じられた。誰もが無言のまま放心したようにトラックの兵隊が通り過ぎるのを待った。不吉なものが突如として天から降りたった。津多にはそうとしか思えなかった。

いつ戦争が勃発するのかわからない世情ではあり、津多の結婚もそのために急がれたという事情があったが、うら若い彼女には戦場のイメージはまだほど遠いものであった。彼女はその夜、初めて太平洋戦争が始まったことを知った。真珠湾攻撃の戦勝気分に酔っている客たちをよそに、津多は落ち着かなかった。彼らの祝いの言葉も巡る盃もうわの空で彼女の前を通り過ぎていった。召集令状が今にやってくる。道中で見たトラックの兵隊たちが悪夢のように暗い床の間に次々現れ、津多を脅かしていった。津多を抱く裸体のはずの栄太郎はいつのまにか軍服を身につけ、恐い顔をしていた。彼女は身体が強ばっていくのを意識しながらどうすることもできなかった。喘ぐ栄太郎の顔はやがて血にまみれ醜く歪み、悲鳴を最後に闇の中に消えていった。夢か現か定かでない恐ろしい初夜だった。

自国の兵隊であるのに、彼らに激励の拍手を送るどころか、不吉な疫病神でも見つめるように恐怖を抱いたのは津多ばかりではなかった。のちになって仲人の先生は言った。愛国心を生徒の前で説いているわたしもさすがにあのとき、トラックの兵隊に向かって一礼もできなかったねえと。

津多の耳の中で響音がしだいに大きくなっていった。津多は小刻みに身を震わせていたが、眼は閉じられていた。エンジンを震わす音があらわになるにつれ、津多の目蓋《まぶた》は瞬《また》きを始めた。彼女の目蓋はうっすらと開けられたかに見えたが、それ以上、広がりはしなかった。

地響きの高鳴りと共に、坂下からオートバイが湧き上がるように現れ、幾台も幾台も石段の前を通り過ぎていった。津多は置物みたいにちょこんと座っていたが、彼女には彼らの姿は目に入っていなかった。ただ、車体のうなりだけが彼女の耳の中で生きていた。それは荷台に兵隊を満載したトラックの無気味な響音でもあった。

オートバイの群れはまたたく間に満開の花の向こうに消えていった。春霞のような煙幕がそのあとにうっすらとたった。なにもこんな所にきてまでうたたねをしなくてもよかろうに……。どこからか栄太郎爺さんの声が聞こえてきそうであった。十数メートル下のさざなみの寄せる音がそのまま間延びしたお爺さんの声となって甦ってくる。

津多はしばらく眼を膨張したような海原に向けていたが、また、うつらうつらし始めた。津多の耳もとで再びうなりが始まった。やがてそれは耳の中で破裂せんばかりになった。彼女は身を縮め、ようやく自らの意思で眼を開いた。と同時にカーキ色の兵隊とはうってかわった華やかなオートバイの群れが目の中に飛び込んできた。彼らは次々と海に突き出したわずかばかりの平地にオートバイを止めた。津多は自分の目を疑った。人ひとり通らなかった道だ。何度も目をしばたたいているうちに、津多は彼らの正体がわかり、体を強ばらせていった。

あの黒ジャンパー。ぴったりと身についた黒ズボン、間違いないだが。彼女はかつてテレビで見た国道を狂奔する暴走族の場面を思い起こした。黒ばかりではない。六、七メートル先の彼らは色とりどりの服装をしていた。津多は小さな体をいっそう屈め、忌まわしい者たちが早く立ち去ることを願った。

彼女は上目づかいに彼らを盗み見しては早く立ち去ってくれることを祈った。祈りながら天罰があたったことを思わないではいられなかった。不動さま、お頼み申しますだ。もごもご呟いては津多はそっと目を開ける。とんだならず者とこんな所で出会おうとは……。ところが彼らはいっこうに立ち去る気配がなかった。背中の袋から缶ジュースを取り出し、なにやら言いながら飲み始めた。盗み見を繰り返しているうちに、彼らの表情が目に入ってきた。

彼らは何かを言いあっている様子だった。諍《いさか》いに巻き込まれたらとんでもないことになる。津多は目を閉じ、彼らが目の前から消えることをひたすら祈り続けた。そのうち、誰かが近寄ってくる足音を耳にした彼女はさらに固く目を瞑った。彼女の間近で足音が止まったかと思うといきなり大声に変わった。

「婆ちゃんだぜ、間違いなく。狐じゃねえぞ」

津多はけおされたふうに反射的に目を開けた。彼女は、男が何を怒鳴っているのか、すぐには理解できなかった。とにかく危害さえ加えられなければ……。津多は今度はそればかりを念じた。

「誰だ、狐かもしれないなんて言った奴は。失礼だぞ」

男たちの中から笑いが一斉に起こった。津多はきょとんとして男を見つめ返した。ヘルメットを脱いだ男は声とはつりあわない象みたいな愛らしい目を津多に向けていた。

「あんまりみごとな桜だったからよおー、俺たちが婆ちゃんを狐に間違えても不思議でねえぜ。しかし、婆ちゃん、どうやってここにきたんだよ。車一台通らないいじゃないか」

津多は若い男の質問に応える代わりに、こわごわ口を開いた。

「あんたたち、暴走族かえ」

男はけたたましく笑った。そして仲間に向かって大声で言った。

「婆ちゃんが俺たちを暴走族かってよおー」

笑いが再び渦を巻き、津多は肩透かしを食った気分になった。

「婆ちゃん、暴走族とはひでえや。俺たちはライダー」

男はもう一度、念を押すふうにラ、イ、ダーと言った。

「まあ、いいさ。これでおあいこよ。俺たちも婆ちゃんを狐に見立てたわけだからな」

安堵したものの、津多には彼らと暴走族がどんなふうに違うのか少しもわからなかった。ただ、彼らが津多に危害を加えないということだけは確信できた。どうせ、あぶれ者の仲間にきまっているだが。いい若い者がこんな戦争ごっこのような真似をしてさ。津多はこんな連中に比べればなんぼか末息子の方がましだと思った。兵隊たちの黒い幻影はいつしか若者たちにとってかわり、津多は一挙に現実に引き戻されていった。あんたたちを兵隊に間違えてしまってねえ、などといえば男たちは自分を惚け婆さんにしてしまうだろう。津多は遠い日の記憶をそっと心の奥底にしまいこんだ。

「それにしてもよお、婆ちゃん、ここまでどんなふうにしてきたのよ」

「バスだわ」

津多はきっとして口髭の男を睨みつけた。

「この九十九折《つづら》りを駆けてきたが、バスなど通っていなかったぜ。それによ、まわりは絶壁だろ」

「あそこに停留所があるわねえ」

津多は不審そうな男の言葉に語尾をこころもち荒げた。

「ある、ある。錆びたバスストップが」

津多と口髭の男のやりとりを聞いていた男のひとりが停留所を指さしながら走り寄っていった。

津多は満足そうに鼻をふくらます。

「しかし、ひでえなあ。午前と午後の二回だけだぜ。次のバスの発車は四時だってよ。これだから田舎は困るんだ」

津多は聞こえないふりをする。

「こんな場所で日がな一日待っていると、本当に狐につままれてしまうぜ」

「狐ならまだかわいらしいが、山姥や山賊がでないともかぎらないぞ」

津多は山姥と聞いてぞっとした。堕胎を叫ぶ恐ろしい自分の姿が浮かび上がってきたからだ。男たちはかしましく言いあいながら、津多の側の石段にやってきた。そして四方に枝を広げる桜と不動さまをしばらく眺めていた。

「なんだか妖しげな桜だなあ。この不動さん、今に褐色のしっぽをのぞかせるでねえの」

彼らはそう言いながら不動さんの顔面の虫くい穴をほじったり、ぎょろりとした眼とにらめっこをしていた。

「この罰あたりめ。そんなにいじくりまわしては不動さまが壊れなさるだが」

津多は思わず、声を大にしたが、彼らはいっこうにおかまいなしだった。

「こら、いい加減にせんか。今によくないことが起こるだが」

津多はとうとう堪忍袋の緒が切れ、彼らを押しのけ不動さまの前に立ちはだかった。

「婆ちゃんが仁王になったぞ」

よろけた一人が立ち上がりながら言った。津多は息を弾ませ、この不届き者めがと思ったが彼らはすんなりと引き下がり、石段の前のわずかばかりの平地に大の字になった。ほっとして彼らを眺めやるとどの顔も小僧っこだった。十四、五人はいるだろうか。孫たちとたいして違わないと思うとにわかに津多は顔がほころんできた。

「この半島が穴場であることがわかっただろ。鈴鹿ではとてもこうした感動は味わえないぞ。名古屋からはるばる仕事をさぼってここまできたかいがあったというものさ。日給七千円以上の値打ちがあるぞ」

彼らの一人が海を見回して言った。

「確かにね。しかし、永住はできないぜ」

「あたりまえだろ。誰が永久に住むと言った。いちにち、二回限りのバスじゃ、身体が間延びして腐ってしまうよ」

津多は若者の話に耳をそばたて始めた。彼らの口ぶりが、息子を彷彿とさせたからだ。

「油にまみれて働くだけが能じゃないからな。楽しみが必要なのさ。人間には」

「おまえ、また無断欠勤かい。今度こそ、首になるぜ」

「あんな頑固社長に付き合っていられねえよ。それによ、俺の担当の車検はすでに終了済みだからな。それ以上仕事をしろというのなら、糞にまみれて生きたほうがましさ」

「きたねえー」

寝そべった若者たちは声をそろえて言った。津多の目にはとても目の前の若者たちが泥臭い仕事をしているふうには思えなかった。彼らはまさしくテレビから抜け出してきた遊び人だった。だが、津多は彼らの手を見てはっとした。手袋をはめていたときにはわからなかったが、ごつい節くれだった手が体とともに地面に投げ出されていたのだ。農民の手みたいだ。津多は思わず自分の手を見やり、地面に転がったいくつもの手に親近感を重ねた。

「ところで、婆ちゃんはるばるお参りにやってきたのかい」

津多は深々とうなずく。

「俺も恋の成就を祈願するとするか。いったい、これは何の神さまなのだろう」

「何でも聞いておくれだよ」

津多の言葉に若者たちはどっと笑った。

「それなら俺は金運だ。愛車の月賦がまだ、半分残っているんだ。竹藪から札束が見つかる時世だ。不動さんの周囲から小判がザクザクということもありうるぜ」

男はそう言って立ち上がるとことさら声を大にして叫んだ。

「あった、あった。小判があったぞ」

五百円玉を見せびらかす男の手から、津多はすかさず硬貨を奪い返し、この罰当たりめがと口を尖らせた。

「なんだ、婆ちゃんのものだったのか」

男はあっさり諦め、頭をかいている。月賦が終わらないうちに死ぬんでないよ。この不信心者めがと津多は言ってやりたかったが、彼女は若者たちを憎めなくなっていた。津多は五百円玉を元に戻すとうやうやしく不動さまに向かって礼をした。

「おーい。そろそろ引き揚げるとするか」

リーダーらしい幾分年かさの男が呼びかけた。男たちはいっせいに身づくろいを始めた。

津多はぼんやりと彼らを眺める。どのオートバイもまばゆいくらい光り輝いていた。

男たちは先発、後発が決められているのか、海に突きだした広がりに隊列を組み始めた。

津多は目を細めて彼らの出発を眺めていた。過去の断片が無彩色の絵となって津多の脳裏をかすめたように、彼らのきらびやかな姿もたちまち幻のものとなってしまうだろう。そのうちのひとりがオートバイから降り、津多の方へ踊り出してきた。見ると口髭の男であった。

「婆ちゃん、オートバイの後に乗んなよ。四時まで相当あるぜ。こんなさみしい場所で待っていると本当に狐や狸に引かれてしまうよ」

津多は突然の若者の言葉にどう応えてよいかわからなかった。栄太郎爺さんのオートバイには、二、三度乗ったことがある。が、それはオートバイというより、ミニバイクに毛のはえたような代物だった。今、津多が目前にするオートバイは少なくともその三、四倍はある。それが五半とか七半とか言われるものであることを彼女は知らない。

「恐くなんかないよ。ほら、こうしてつかまっていればいいのだ。気持ちいいぜ」

口髭の男は、オートバイごと近づいてきた若者の後に回り、津多の前でぽんと飛び乗って見せた。

若者はアクセルをふかし、戯れている。津多はわれ知らず、一歩退き、得体の知れない化物を見るように金属びかりする巨体を見やった。こうまですすめられては乗らないわけにはいかなくなってきた。ええいままよ。これも何かのご縁というものだが。津多は大きく息を吸い、悲壮な決心をした。

「そんならお願いしますわ」

緊張して言う津多を見て、口髭の男は言った。

「心配すんなって婆ちゃん。俺たちのライダー仲間には六十五のおっちゃんもいるのだから。今日はきてないがね。一度乗れば止められなくなるさ」

成り行きを見守っていた真っ赤なジャンパーを着た男が出発オーケーと判断したのか、先発となってたちまち坂下の向こうに見えなくなった。続いて後続のオートバイがあとからあとから発進していった。流れ出るようなリズムと美しいフォームに津多はわれ知らず、うっとりした。ただ、あの爆音のようなエンジン音だけはなじめなかった。

「魚みたいだがあ。魚が急流を下っていくのだわあ」

津多はそう独り言ち、オートバイを恐れている自分が嘘のように思えた。

だが、口髭の男に促され、車体の側まで行くと、身体が固くなってしまった。最後尾だという男が突っ立ったままの津多のもとに来て、彼女をふんわりと持ち上げ、後の荷台に乗せた。

「婆ちゃん、こうだよ。しっかりとこの把手《とって》を持つんだ」

男はそう言いながら、髭の男にオーケーのサインを送った。たちまち、車体がものすごい震動を始めた。正確にはエンジンをふかす震音であったのだが、津多には地面ごとすべてが揺らいで見えた。

津多は走りだす前から目を瞑っていた。ややあってようやく恐る恐る目を開けると車体が山側から崖っぷちに円弧を描いて海に突き出していくのが見えた。彼女は身を竦《すく》め生きた心地もしなかった。そのまま海中に放り出され、あの世へ行ってしまう。反射的に目を閉じていたが、カーブを曲がるキューンキューンという連続音が悪魔の叫び声に聞こえてきた。

「何が気持ちいいものか」

津多は泣き顔でそう吐き捨てた。だが、幾度もカーブを繰り返しているうちに馴らされていった。男のリズムに合わせていつしか津多も体を動かしていた。

「若い衆は王さまになったつもりなんだわ」

津多の内部でそんなことを呟く余裕が生まれていた。彼女は流れていく緑の樹間を見つめた。オートバイは一時、海を離れ、山中に入ったのだ。津多はふうっと息をついた。ようやく足が地についた感じだった。山間の平地で長年暮らしてきた津多には断崖の連続は宙を飛んでいるに等しかった。

津多の目に緩いカーブを走っていく先発隊のオートバイが見えた。緑の中にひときわ鮮やかな生きものが蛇行していた。まるで龍みたいだがあ。彼女は感嘆の声をもらした。津多は龍神祭りが復活したような錯覚を起こした。村の若い衆が、龍が巡り歩くかつての祭りを復興してくれることは年寄たちのひそかな願いであった。津多は末息子がその先頭に立ってくれるのを期待していた。

いやいや、今はそれどころではないだがあ。重苦しい思いが津多の脳裡を再び過《よぎ》った。末息子が故郷にUターンしてきてから五年になる。彼の帰郷は津多と栄太郎の願いではあったが、直接のきっかけは彼の勤める会社が傾きかけていることにあった。末息子の話を津多と栄太郎は時を得たように喜んだ。天の恵みとはこのことだわ、お爺さん。

津多はほくほくとして言った。できるなら独り者のうちに戻したい。家族ができれば困難になることが目に見えているからだ。それを可能にしてくれるのはもはや、末息子以外にはなかった。

彼が経営不振の会社の中で、何をどう判断したのか津多には皆目わからなかった。が、身を引くとすれば、僕らみたいな家族持ちでない者がそうすべきなのだろう。津多は息子の優しさを思い、目頭を熱くしたのを覚えている。もちろん、若い男のことだから、退職金が通常の一・五倍になるということも魅力的であったのだろう。

津多が彼の会社の寮に荷物整理に行ったとき、息子は、彼を見送る同僚に、いずれ帰らなければならないのだから、と得心したように言っていた。

津多の脳裏に五年間の息子の姿が彷彿としてくる。帰郷した当初は、よう帰ってきなされたと、孝行息子の手本にされていた。彼はすぐ隣町の会社に就職した。計算機を製造する従業員百人あまりの小さな会社であったが、田舎では選択の自由などなかった。

——ここにおれば、食費も何も不用なのだから、給料が安くてもたいしたことはないが。

栄太郎爺さんは初めての給料を不満そうに持ち帰った息子に言っていた。話には聞いていたが、手当ての何もつかないところであった。

——会社が不景気いうても俺はこの一・四倍はもらっていたのだからな。

——前は大きな会社だったものねえ。田舎だもの仕方がないよ。けれど、その気になってお金を残そうと思えばここではそのまま残るのだから。

津多は慰めるつもりでそう言ったが、彼の落胆ぶりは大きかった。

日曜日ともなれば遊びに出かけたかったであろうが、田舎の休日は村の奉仕作業に当てられていることが少なくなかった。よい青年がいながら、老いた親に溝さらえや堤防の修理等の力仕事を押しつけるわけにはいかないと末息子は思ったのだろう。彼はいつも文句も言わず出かけて行った。

都会生活でなまった体をふらふらにして、放心したように帰ってくる彼を、津多は気遣った。そんな時、津多は息子をねぎらい、酒や魚を用意したものである。

いつしか、磯の香が津多の鼻腔をくぐっていた。オートバイは再び、海べりを疾走していく。海面がいくつもの黄金のさざなみを作り出していた。かもめが飛び交っている。目線より遙か下にあった海がいつのまにか間近にきていた。末息子もたまには、こんなふうに半島を一周すれば気分も爽やかになるだろうに、と彼女は思った。

彼は二、三年前から会社がひけるとそのまま町のパチンコ店に日参するようになってった。津多はパチンコそのものよりも息子がしだいに自分の殻の中に閉じ籠っていくのが恐ろしかった。同年配の若者が村にいないわけではなかった。だが、彼らのほとんどはもとから村に留まっていた男たちであり、都会からのUターン者はひとりもいなかった。

――嫁さえもらえば、気分も変わるだろう。

栄太郎爺さんは心配する津多にそう言った。

――その嫁さんがなかなか決まらんではねえ。

見合いを重ねたが思うようにいかなかった。

――家を背負わされた者は貧乏くじだよ。

そう吐き捨て、エンジンをわざと高鳴らせ闇の中に消えていく息子の車を見つめながら津多は重苦しい気分に陥った。行き着く先はパチンコ店だとわかっていても、あのまま暴走し、事故をおこしはしないかと、帰宅するまでまんじりとしなかった夜も少なくない。

津多は夜半に帰宅した息子に、おまえも他の兄弟のように自分で相手を見つけてこいと、怒鳴り散らしたかったが、やぶへびになると察し、言葉を飲んだ。末息子にも都会に交際していた娘があったらしいからだ。

津多は二、三度、女名の手紙がきていたのを思い起こす。が、数か月で途絶えてしまったようだ。それからしばらくして息子は言った。

――わざわざ、都会から田舎に嫁いでくる女はいないさ。

すてばちな彼の言葉を耳にし、津多は彼が哀れに思えてならなかった。

――農地改革で田は少なくなったが、おまえは近隣一番の山持ちなんだから。

津多は慰めにもならないことを言ったのを覚えている。

あの子は都会からも弾き出され、田舎の生活にも入れないでいるのだがあ。そんなことを思っているうちに津多は無性に腹立たしくなってきた。残った田畑も減反、減反と言われ兼業をしなければ食べていけない時世になっていた。いったい何がどうなっているのだか。唸り続けるエンジン音は津多の憤りを加速していった。真面目に働きさえすれば報われるというのが津多の信念であったが、それさえ危うくなっていた。

弾き出されているのはこの男たちも同じだわ。しばらくして、津多はぼそりと呟いた。

命と引き替えに楽しみを得ているような男は津多にはどう見てもまともな男には思えなかった。だが、若い衆には憎めない人間臭さが感じられた。というより津多は彼らの大きな山芋のような手が気にいったのかもしれなかった。

若者の体の温もりがときおり、津多の胸をほんのりさせていった。津多は懐かしいものに触れるふうに彼の背に薄っぺらい胸を添わせる。津多がオートバイに乗っているうちに自然と身につけたものだった。不思議な高ぶりが舞っていく。彼女が久しいあいだ、忘れていた感覚であった。津多はそうした気分に陥る自分を恥じる一方、もうしばらくこんなふうに温めあっていたいと思った。

彼女はいつしか栄太郎爺さんとの初夜を思い出していた。不安に苛《さいな》まれた一夜であったが、今となっては懐かしさばかりが甦ってくる。彼女はなぜか、その夜、栄太郎が死ぬものと思い込んでいたのだった。両親から婚家が生涯の自分の家だと聞かされていた津多は、夫の戦死の公報とともに第二の人生の始まりを赤の他人の家で送らなければならないことを思うとやりきれなかった。彼女の心中も知らないでかたわらで大鼾《おおいびき》をかいて眠っている栄太郎が、腹立たしくてならなかった。

めでたい夜によくもそんなことを真剣に考えたものだと思うが、今になってみればそれも甘い初夜の肌ざわりだけを残すこととなった。覚えず頬が紅潮していく自分に、津多はひとり笑いする。

三日三晩の宴が終わると、たちまち出征兵士を送る行列に組みこまれていった。その中で次は誰の番だろうとうわの空で突っ立っていた津多だった。栄太郎は身重の津多を残して外地へ出征していった。口を開けばあんただけは死なんで帰っておくれと言いそうになるので津多はもの言いたげな栄太郎の眼差しにでくわしてもあえて無言を通した。

感傷に浸っている余裕など津多にはなく、やがて生まれてくる子どものことを思いながら大家族を切り盛りしていかなければならなかった。

栄太郎が必ず帰ってくると信じなければとても心身が持たなかった。大鍋に炊いたご飯も味噌汁も津多が食べるころには底が見え、津多は栄太郎の食べざかりの兄弟たちが競争するように食べるのをいつも大きな腹部を突き出し、痴呆みたいに見つめていた。

お爺さんはもういないのだ……。津多は揺れるオートバイの上で大きく肩を落とす。誰もいなくなった通夜の一時を見計らい、彼女はお爺さんと最後の愛《いつく》しみをした。傷ついたものを癒すように津多はお爺さんにほおずりを繰り返した。そのとき、どうしたわけかお爺さんの死に顔が外地から帰還したときの顔に思えてならなかった。栄養失調で毛がぬけ青ぶくれの幽霊のような顔で栄太郎は帰ってきたのだった。

海と山ばかりの視界が開け、家並みが見え隠れしてきた。とうとう下界に下りたったか。津多はそんな気分を味わっていた。交差点を行き過ぎたあたりから対向車も出てきた。津多の頭の中は再び末息子のことでいっぱいになってきた。

息子の無口がひどくなっていったのはあの葉書が原因しているに違いない。津多は老いてはいても母親の臭覚を失ってはいないぞというふうに二年前の息子宛ての暑中見舞いを思い出す。かつての同僚からのものであった。

会社仲間の結婚を知らせるものであったが、結婚する二人の名前が隅に小さく書かれているのを読んで、なんとなく津多は心が落ち着かなかった。その女名をどこかで目にした気がするのだ。

息子は帰宅し、その葉書を持ったなり部屋に入ると、食事時になっても出てこなかった。津多が三、四回、呼びに行くとほっといてくれといって怒鳴り返した。津多はその言葉で、彼に手紙を寄こした女がその女性であったことを思い出したのである。彼女は息子が哀れになり、食事もろくに食べられなかった。

が、翌日になると彼女はお爺さんの前でうそぶいていた。田舎が嫌いで息子を捨てたような女はたいした娘ではなかったんだわねえ。

津多の気持ちは収まっても、息子の心はなかなか晴れやらなかった。彼はどこにも居場所のない人間であるかのようにパチンコだけに執心し始めた。

オートバイは減速を始めていた。津多が身を起こすと先発の男たちがオートバイを止めているのが見えた。神社の境内らしく、獅子と狛犬の姿が前方に顔を覗かせていた。津多は天狗にさらわれ、高い木の頂上に置かれていた人間のように呆として下りたった。若者たちのほうに向かって歩いているとどこからかかぼそい機音《はたおと》が聞こえてきた。津多は懐かしい気持ちになり、立ち止まった。彼女の家の界隈でかしましい機音がしなくなってから久しかった。まだ織っとんなるだが。彼女は心の中で呟いた。丹後の織物不況のあおりを一番にうけたのは零細の賃機《ちんばた》だった。津多はしばらく突っ立ったまま一台か二台と思える機音に耳を傾けていた。かつてはガチャと織れば万もうかると言われ、津多の家こそしなかったが多くの家が競って家の片隅を改造し、織機を置いたものだった。全盛期にはうるさく思った機音だったが、こうして細々と生きのびていることを思うと愛しくなってきた。

「婆ちゃん、かっこよかっただろ」

口髭の男がにやりとした。

「まあまあだったが」

答えながら津多は夢の中の出来事のような気がしていた。

「婆ちゃん、やるぅー」

間髪をいれずに男たちが歓声を上げる。津多は強がりではなく、本当にたまにはこうしたものに乗ってもいいと思った。ただ、最初の恐怖については黙っていた。若者たちがてんでに日陰に移ると、異様な集団を見つめている目に津多は出くわした。幼子を遊ばせるお婆さんの組であった。

津多は目を丸くしている彼女たちにあわてて会釈をした。そしていくぶん得意げな気持ちになった。息子が結婚していればすぐにでも彼女たちの仲間に入れそうな津多である。が、自分と彼女たちの間には大きな隔たりがあるように思われた。

「婆ちゃんの住む町は、確か、次の次の町だったね」

地図を取り出して眺めていた髭の男が言った。

「ここでおろしてもらってもええだが」

津多は感謝を込めて言う。

「ついでだよ。近くまで乗っていけよ」

「そんなら、甘えさせてもらいましょか」

津多はそう言いながら心の中で、冥土の土産になるかもしれないな、と思った。彼らは木陰で立ち小便をしたり、咽喉《のど》を潤すとすぐ、車の方に寄ってきた。

「お宮さまで小便なんぞすると罰があたりますぞ」

津多は顔を顰《しか》めたが男たちはまるで頓着しない。

「肥やしになってありがたがられるぜ」

男は愉快そうに笑い飛ばした。屈託のない笑いの中で津多は自分こそ罰があたるかもしれないと思った。何はともあれ、不動さまの前で末息子を堕胎しとけばよかったなどと思ったからだ。ほんの一瞬間であっても許されることではないが。津多は自分の罪深さを償うように社の本殿に向かって手を合わせた。

小休止のあと、若者たちは出発の体制を整えた。口髭の男は今度は先発に踊り出た。海はもはや田園に変わり、緑の波が国道の両脇で波打っていた。若い者はなんでふるさとを捨てるんだろう。いや捨てるのではなくて捨てさせられるのだわ。何が減反だ。津多は波打つ緑の稲穂を切り捨てる者たちが憎々しかった。

楽しみは作らなくちゃね、婆ちゃん。そんな声が津多の耳元で響いてきた。オートバイの若者の声だった。津多はその幻の声に深く心をとらわれた。オートバイはごめんだけど若者の言う通りだがあ。津多は呟きながら、末息子がなんらかの形でふるさと起しに取りくんでくれることを願った。自分の役割はこれからなんだわ。彼女は若かった頃の母としての気概を甦らせていた。

「まだまだ死なれんだが」

津多はまた口にしたと思い、苦笑する。

見覚えのある家並みが現れ始めた。津多は若者が忘れずに津多を降ろしてくれるかどうか心配になってきた。体をもぞもぞさせる気配が男に通じたのだろうか。国道沿いのバスの停留所の近くで男は速度を緩め、エンジンをかけたまま止まった。続いて後続のオートバイがそれに従い、みごとに一列に並んだ。

「婆ちゃん。この町の近くだね。先ほど、姫御前という標識が出ていたよ」

「ここをずっと入ったところだが。ありがとさん」

津多は何度も頭を下げた。

「じゃ、婆ちゃん、元気でな」

口髭の男は片手を振るとあっさり、オートバイにまたがった。そしてクラクションを合図に走り出していった。手を振って見送る津多に男たちが次々クラクションを鳴らし、通り過ぎていった。

津多は彼らの後姿が山の向こうに消えたあとも、呆然とその場に立ち尽くしていた。事態は少しも変わったわけではなかった。が、胸の内部にひたひたと寄せてくるような温もりを彼女はかみしめていた。

津多は山の麓の家に向かって歩き出した。そのうち急に体が浮き上がっていくのを感じた。どこかがぷつんと切れ、宙を飛んでいる気分だった。高く、どこまでも舞い上がっていく……。

たった今、脳の血管が破れ、脳出血を起こしたことをどうして知り得ようか。津多の意識は朦朧《もうろう》とし、ついに道端に倒れてしまった。彼女はその中で飛んでいた。お不動さまのお導きで、お爺さんの待つ雲の彼方へ、オートバイに乗った津多がどこまでもどこまでも舞い上がっていった。

虹の懸橋

「寒くありませんか」

鶴子は薄手のショールを首筋に寄せながら藤太郎に声をかけた。早春の陽にきらめいていた神の森がいつしか陰り、ざわめき始めていた。

「何ということはないです」

ひと呼吸おいた後、しかもその言葉は鶴子が藤太郎と結婚した五十二年前と同じであった。

「ほほほっ、お変わりにならない」

鶴子は娘のように愉快になり、藤太郎を見つめる。彼は、三年前、亡き人となった妻にもこんな言葉を使っていたのかもしれない。

「しかし、何度思っても人の宿命というものはおもしろいものですね」

藤太郎は感慨深げに言う。先程から黙りこくっていたのはそうした思いにまたとらわれていたからだろうか。

鶴子とて昨年、半世紀ぶりに藤太郎と出会い、今日に到るまでの不思議な縁を思わないではいられなかった。

五十二年前の新婚旅行の地、伊勢へ行きたいと言ったのは鶴子であった。あの時は、すでに藤太郎の方で、戦勝祈願のためという名目で場所が決められていたように思う。

「大神は昔のわたしたちのこと、覚えておいででしょうか」

鶴子はそう言って微笑む。

「さあ、どうでしょうか。戦争でやむなく夫婦の絆を断たれ、再びこうして結びつけて下さったのだから覚えていて下さったのかもしれないなあ」

濃緑色の木の間を縫うように雨が頭にあたり出した。

足早にタクシー乗り場に向かう鶴子の足元を砂利がすくう。かたわらの藤太郎ももたついた足取りである。池の端の小道を抜けると大通りに出られたように思うのだが……。

そう思いふと右の方向を見るといかにも馴れた動作の普段着のままの老人たちが池の畔のベンチから立ち上がろうとしているところだった。

彼らは昼下がりの一時、日光浴を楽しんでいたのだろう。五年前、夫が亡くなってから鶴子もそうした老いた者の輪の中で残された身の寂しさを埋めることがあった。

「わかりました。二見が浦の大磯館ですね。もうあの辺りでも昔ながらの宿は大磯館だけになってしまいました。みんな観光客向きに鉄筋のホテルに変わってしまいましたよ」

年輩の運転手は残念そうに言う。

「わたしら昔もんはやっぱり木造の古びた宿にお客さんを運んでいくのは嬉しいですねえ」

運転手の目には自分たちの姿は当然、長年連れ添った夫婦に映っているのだろう。鶴子と藤太郎の間にぎこちなさはあったとしても誰が見ても老夫婦の姿、形が自然とそなわってしまう年齢にいるのだ。

外宮《げくう》から伊勢の市中を抜け、二見が浦に着いた頃には雨が上がり、明るい空と海が松の向こうに広がりを見せていた。

「ごゆるりとどうぞ」

ここまでの老夫婦の労をねぎらうかの運転手の言葉に鶴子たちは深く頭を下げた。

戦前のあの頃、新婚旅行に行くなど贅沢《ぜいたく》なことであった。鶴子は思いがけない藤太郎の思いやりに感謝したのを覚えている。伊原家の金屛風の置かれた酒宴の席でのやりとりは何も覚えていない。が、横に座った藤太郎が酒を酌み交わしにくる人に戦勝祈願に伊勢に行ってくると言い訳するふうに話していたのが妙に脳裏に刻まれていた。

宿の玄関を前にして藤太郎は立ち止まった。鶴子もその側に並び、頭上の大きな梁《はり》を眺めた。代々の家霊が棲みついているような神さびたものであった。鶴子の記憶の中にはこの抱えきれないほどの黒々とした梁はなかったが、藤太郎が眼前の梁から目を離さないところを見ると彼の頭の中には存在していたのかもしれない。

鶴子が五十年余りの歳月の後、初めの夫、藤太郎と再会したのは湖の畔であった。再婚した夫、達治が他界してから五年経っていた。達治亡き後、自分の生涯を静かに見つめてみたいと思っていた矢先、ある句会に入会を勧めてくれる人があった。それまで誰に手ほどきを受けることもなく密かな楽しみとしてときおり新聞にこっそりと投稿していた。もちろんペンネームである。

次回の句会は湖畔の秋を季題にしたものだったが、いっこうに満足のいくものが出来上がらず、とうとう彼女は水辺に二度も足を運ぶはめになってしまった。

初秋の風が頬を撫でていくといっても日差しはまだ夏のものと大差なかった。恨めしく中天の造物主を見上げたその向こうに葦原があり、鶴子は足を早めた。手提げの中に入っているウーロン茶を少しでも早く喉の奥に流し込みたかった。

葦原は冬には鳥たちの恰好の休憩所となるのだろう。天然の褥《しとね》がかさかさと風に揺れている。鶴子は崩れるように座り、水滴のついた缶を口にした。老いの身でむさぼるように飲み続けるわが姿を顧みる余裕はない。人心地着いた時、ようやく浅ましさに気づき、鶴子は周囲に気を配った。ウィークデイのこんな日にうらぶれた湖畔を歩く者など誰もいないと思ったが、まだ人を意識する自分がおかしくもあり、かわいらしくも思えた。

そんな時、近くで何かが水中に落ちる音がした。もしかすると気の早い水鳥が渡ってきて早速餌を求めて水の中にもぐったのかもしれない、と鶴子はにわかに句心を掻きたてられた。起き上がり、そっと水辺に近づく鶴子の眼に白髪の男が映った。彼はしばらく糸を垂れていたが、思うように釣り下が定まらないらしく、水中に針を投げ込んでは引き上げるという動作を繰り返した。そのうち、餌を魚につつかれてしまったのか、やおら腰を上げ、鶴子のいる方へやってきた。

顔を背けるのも別の方向に歩いていくのも不自然で鶴子は男に向かって軽く会釈した。男は驚いたようにしばし立ち止まり、頭を下げた。高い鼻梁に汗が滲み、男も暑さに閉口しているらしく首から垂らしたタオルで額を拭った。

鶴子は去就に躊躇していた。バスの時間までかなりある。男と別の方向に歩きだしてもいいのだが、この暑さである。

「少し、くるのが早すぎましたな」

男はそう言って葦の間からクーラーボックスを取り出し、鶴子に冷たい麦茶を勧めた。男の顔を初めて真正面から見つめた鶴子はにわかに心の震えを感じた。

他人の空似ということもある。五十年余り前、一年近く一緒に暮らしただけの男の顔を鮮明に覚えている方がおかしい。鶴子は再婚を前にして藤太郎との結婚写真も貴重な三枚のスナップ写真も焼却していた。

手をつくしたが、藤太郎の消息はいっこうにわからず、婚家にいづらくなった鶴子は実家に帰った。その間の五年は藤太郎を待とうと心に誓い、どんな縁談も断ってきた。だが、五年を過ぎた頃から、鶴子は新しい出発をしなければならないと考えるようになっていた。戦後十年して藤太郎がシベリアから復員してきたときには鶴子は達治の子どもを二人生み、藤太郎が復員してきたこともすぐには知らされなかった。

鼻梁の高い、二重の眼……。鶴子は失礼をも顧みず男の顔に吸いつけられていく。第六感が働くとはこういうことであろうかと鶴子は後になってから思った。顔の一つ一つを見ても何一つ確証はない。鼻の高い、二重瞼の老人など珍しくもない。ある年齢に達すると若い頃の特徴が失せ、顔が均一化してくるものだ。鶴子はそのことを親しい老女仲間の若かりしときのアルバムを見て思った。男とて同じであろう。

だが、目の前の老人はそうでないことを鶴子の肌が知らせるのだった。男も鶴子の普通でない表情に気づいたのか、怪訝な面持ちで見つめている。

声を発したのがほとんど同時だった。

「もしかして」

男は突っ立ったまま惚けたようにうなずいている。

「鶴子でございます」

藤太郎だとも何とも言わないが、灰色がかった眼の奥で瞳が震えていた。

簡単な近況を交わした後、鶴子と藤太郎は葦群れのかたわらに座り、輝きを取り戻し始めた湖を時の経つのも忘れ、眺めていた。黙したその姿は湖面の明暗に互いのこれまでの人生を映しだしているようだった。

「竿が」

鶴子の眼に葦の茂みに突き刺された竿が水中に引かれていくのが見えた。

「ブラックバスめ」

藤太郎は慌てて立ち上がり竿を引き寄せた。

「こんなものばかりがかかって」

藤太郎ははにかんだように言った。たかだか一年足らずの、しかも戦時中の結婚生活では彼に釣りの趣味があろうなど知りようもなかった。

「あなたが琵琶湖を望む地に縁づかれたことは弟から聞き知っていました」

藤太郎はそう言って唇をかみしめるふうに結んだ。その先は言うまいとしている彼の意思を鶴子は読んだ。

「いきさつはすべて伊原家の世帯主となっていた弟から知らされました。わたしたちのような夫婦は当時、珍しくありませんでしたから、自分を納得させるのもそれほど時間がかかりませんでした。いや、というよりもなんとしてでも生きなければなりません。感傷を引きずっていたのでは飢え死にしてしまいます。めざましい復興ぶりだといってもまだ東京はバラックが所狭しと立ち並び、闇市まがいの商売が横行してましたからね」

伊原家は千葉の素封家《そほうか》だった。鶴子が籍を抜かれた後、すぐ次男夫婦が戸主に納まったと聞いた。農地改革で没収される土地を少しでも少なくしたいという義父の意向であったらしい。

「わたしは復員後、すぐに東京へ出ました。死んだはずの人間がいつまでもうろうろしていると不幸を招きますからね」

藤太郎が滋賀にやってきたのは妻が亡くなってからだという。

「一生懸命、定年まで働きましたので小さな家を持つことができました。一人暮らしを続けるつもりでしたが、息子夫婦が一人にはしておけないとやかましく言いますので、家を処分して見知らぬ土地でまた老いの門出をすることになりました」

鶴子は自分と似た境遇に藤太郎との距離がぐっと近くなった感じがした。長男は外国にいるが、東京に住む娘夫婦が再三、同居を勧めてくれる。だが、鶴子にはその気はなかった。誰に遠慮することのない気ままな暮らしを続けたいと思っていた。正直いって達治との結婚生活も初めは気を遣うことの連続であった。娘には内緒だが、足腰が動かなくなれば財産を処分して有料老人ホームに入るつもりであった。

老いた者どうしの奇縁とも思える巡り合いは若い者のそれと違い、言葉より無言の思いが沈潜していく。

「湖を見ていると不思議と心が和んでくるのですよ。釣りはむしろおまけです」

藤太郎はそう言うと初めて笑った。

「息子さんのお家はここから近いのですか」

「電車で三十分ばかり、近郊の新興住宅地です」

鶴子は整然と区画された団地の清掃の行き届いた美しい家の一間に起居する藤太郎の日常が見えるようだった。

藤太郎から葉書がきたのは鶴子が湖での俳句を一首したためて送ってから数日後であった。彼は今週の金曜日、湖畔へ出かけると書いていた。誘いの言葉も何時頃に向かうとも記されてなかった。だが、短いその文を読んだ時、鶴子の気持ちは決まっていた。

老人が出かける時刻というものはおおよそ推測できる。彼女は早くもおやつに何を持っていこうかと考えている自分に気づき、苦笑した。藤太郎と出会った一週間近くは気持ちが落ち着かなかったが、しだいに老人会で出会う一人の茶飲み友達のような心安さを鶴子は覚えるようになっていった。人生のすべてを終えた者どうしという気軽さも作用していたのだろう。

　とはいうものの自分だけの密事といったささやかな心のときめきもないことはなかった。娘も息子も鶴子の結婚のいきさつは知っていても藤太郎の存在は知らない。

　金曜日の朝、出かける前、鶴子は仏壇の前に座り、達治の位牌に向かって呟いていた。

「不思議なご縁なのですよ、お父さん。残された者どうし、寂しさを紛らわすようにという神様の思し召しに違いありません」

　鍵をかける動作も常より機敏に感じられた。鶴子は手提げの中に俳句帳を入れたかどうか覗いて見る。あくまでも吟行であろうとしている気持ちが無意識のうちに現れ出ていた。

　二週間の間に湖畔は秋色を増し、陽の光も風になじみさわやかだった。藤太郎の姿が揺れる葦の間に見えた。彼は以前と少しも変わらない格好で釣り糸を垂れていた。鶴子の出現を気にしているふうもなくひたすら湖面を見つめている。

　鶴子は少々物足りない思いであった。一度くらい後を振り向いてもよさそうなものなのに。が、彼女はすぐに思い直した。達治がそうであったように藤太郎も戦前の男なのだ。老人会などではわざとらしくて鼻につくほど何につけてもファーストレディを口にする老人もいる。しかし、所詮、にわかフェミニストにすぎない。

「過ごしやすくなりましたね」

鶴子は藤太郎の背中に向かって声をかける。釣りが目的でないなら遠慮がちに歩く必要もない。鶴子の足音に枯草がからみつき、彼女は秋の情感に満足だった。

「凍りつく前の湖にこんなふうに糸を垂れながら生きている実感に浸っていたことがありました。と言えば聞こえがいいですが、あの時は少しでも腹の足しになるものが必要だったのです。もっともそうした時間はごくたまにしかありませんでしたがね」

彼はシベリアでの強制労働を思い出しているのだろうか。

「向こうではじっと座っていることなどできません。冷凍人間になってしまいますからね。なにしろ、冬場になると小便がたちまち氷柱に変わり、凍った大便を金槌で処分するような所でしたから」

初めて琵琶湖を見たとき、鶴子は泣きたい気持ちになった。群青色に広がる湖面が夕日に映えると金色に変わり、浄土へ導かれていく気がした。馴れない商家の生活に神経をすり減らしていた鶴子はこのままふんわりと金色の世界へ身体を投げ出してもよいと思ったことが幾度かあった。

藤太郎は昔と同じで口数は多くなかった。しかし、鶴子は黙っていても気詰まりな感じはしなかった。何事も起こらず、この人と人生を送っていたらどうであっただろうか。鶴子はふとそんなことを思ってみる。達治にとりわけ不満があったわけでもなかった。どちらかというと達治と藤太郎は似た面があったかもしれない。

鶴子は藤太郎との会話に達治との話しぶりを重ねた。間の置き方から渋みのある声音まですっぽりはまってくる。

「こんなもの、いかがですか」

吟行帳を片手に鶴子は老舗の饅頭を差し出す。藤太郎が甘党であったかどうかすら記憶になかったが、彼が手を差し出すところを見ると嫌いではないのだろう。

鶴子は二度目の葉書にも俳句をしたためた。二日後、藤太郎からの返事が届き、今度は木曜日に出かけると書いてあった。鶴子は右上がりの角張った字を眼に収める。藤太郎が戦地へ行ってから何度か便りがあった。しかし、鶴子宛てのものはなく、宛名は義父や義母宛てであったり、家族ご一同様になっていた気がする。

そのことを鶴子は不満に思った覚えがある。初めは宛名が自分宛てでないので鶴子一人で便りを送るのを禁じられているのかと思っていたが、募る思いがたまりいつしか彼女は一人で手紙を出すようになっていた。藤太郎から初めて鶴子宛てに手紙がきたとき、鋭い義母の視線にも関わらず頬が紅潮していった覚えがある。だが、彼からの返事も二度に一度、三度に一度となり、とうとう便りは一切届かなくなっていった。

相変わらず時の記されていない葉書を鶴子はもう一度、見直し、今度は木曜日なんですね、と独り言ちた。

その日は朝から天気が気まぐれであった。鶴子は空模様を見ながらぬかるんでいるかもしれない葦原を思った。天気のよい日は釣りの収穫は今いちだと藤太郎は言っていた。が、彼の場合、釣りは二の次である。雨の釣りは嫁がいい顔をしないとも藤太郎は漏らしていた。

雨に靄《もや》った湖畔もいいかもしれない。鶴子は行く決心がつき、吟行帳を手提げにいれた。先週の句が口に上ってきた。句会で「古の人」が話題になりそうな気がする。

秋風や懐かしき貌よみがえる

藤太郎と思わぬ巡り合いをした日、鶴子はバスの中で句ともならないこんな言葉を呟いていた。秀作とはとてもいえない句であったが、吟行帳にかきつけないではいられなかった。

藤太郎は背を丸め、湖に向かっていた。鶴子が先日と同じ時刻にきたように彼も習慣通りにやってきたのだろう。クーラーボックスも同じハンノキの側の葦の間に置かれていた。常と変わらないのは正常であるということなのだろう。老人の間で痴呆症をよく耳にする鶴子は奇妙なところで神経を使う自分を滑稽に思うが、彼女の場合も何が心配かと言われれば呆けることと答えねばならない。

「獲物はいかがですか」

そう言いながら足元のブリキの缶を覗き込む。

「珍しく鮒が釣れたのですよ。でももう少ししたら逃がしてやります。あなたにお見せしてからと思って」

頬を緩める藤太郎の笑みが鶴子の心を温めていく。湖面はさざなみが立ち、雲から脱した陽の光を受けて銀色に輝いている。

「明日は老人会の会合があるのですが、あまり気が進みません。家族が勧めるので入会しましたがね。こうしているほうが気楽で」

釣り糸を垂れる藤太郎の後で、鶴子は吟行帳を広げる。

夏足袋を脱ぎて水辺に足浸す

鶴子はそう呟いたかと思うと足袋を脱ぎ、そっと波うちぎわに足を踏み入れた。萎《しな》びた皮膚がきゅんと甦ってくるようだった。

釣り糸が水中に落ちる音がした。藤太郎はまた魚に餌をとられたなと、鶴子はこっそり笑む。それでも飽くことなく釣り糸は水の中に投げ出される。

「あれ、虹が」

岬の突端を結ぶように七色の虹が大空に架かっていた。長年、湖国に住む鶴子には虹は珍しいものではない。しかし、眼前の虹は今まで見たこともないほど大きく美しかった。かたわらの藤太郎も竿を置き、放心したように虹に見入っている。

虹の懸橋……。

何気なく呟いた鶴子は我が言葉にはっとした。自分と藤太郎こそ、虹の懸橋のような存在ではなかろうか。藤太郎との巡り合いは間違いなく神様のお引き合わせなのだ。それなら……、鶴子は大胆な自分の思いを断ち切るようにきっとして虹を見た。だが、押し殺したつもりの胸中の思いは逆に膨らんでいった。

湖が鉛色に沈む日も、風で吟行帳が飛ばされそうな日も雨さえおおぶりにならなければ鶴子は湖に出かけていった。藤太郎は必ず鶴子より先にきていた。二人は多くの言葉を交わすわけではなかった。燦然《さんぜん》とした湖面を見ては過去の楽しい出来事を思い出し、鈍色《にびいろ》に沈む湖を見ては辛い記憶を甦らせた。

並んで座る藤太郎は何を思っているのだろうか。空の陰陽によって藤太郎の表情も変わって見えた。昔語りなどお互いにしなくても同世代の辛苦は透視することができる。鶴子は黙って時々刻々面相を変えていく湖を眺めることでかえって互いの奥に秘められた人生を共感できる気持ちになっていった。

藤太郎の息子と名乗る男から電話がかかってきたのは比良の頂がときおり薄化粧に映える頃だった。一度お会いしてお話ししたいという男の声に鶴子は心が騒いだ。藤太郎とのことは終焉間近に訪れた神様の密かな心遣いとして誰にも知られずに終わりたかった。

伊原佑介は三十六になったという。喫茶店で待つ男を一目見て、藤太郎の息子であることがわかった。鶴子は、一瞬、遠い記憶の中に引かれていきそうだった。ていねいな言葉遣いと物腰の柔らかさは彼の会社での位置を表しているのだろう。

「本当に何と申していいのか、父から話を聞いたときは信じられない思いでした」

鶴子は頭を下げ、微笑む。

「わたしがこれからお話しすること、勝手だとお思いになるかもしれませんが、どうかお許し下さい」

そう言って佑介は藤太郎との再婚話を持ち出したのだった。

「妻がお義父さんの苦節の多かった人生にどうしても報いてあげたいと言うのです」

鶴子を見つめる佑介の眼には嘘はないように思えた。

「老父ですからあなたに御負担が多くかかるのは重々承知です。が、あなたのお気持ちの中に父への親しみがほんの少しでもおありでしたらと厚かましくも御本心を伺いに参ったようなしだいです。父の方はああいう人間ですからなかなか自分の感情を口にしません。しかし、妻の話だとあなたとお会いした日はお爺ちゃん、とても幸せそうだと言うのです。父はわたしがあなたにお会いしていることを知りません。ましてや、途方もないことを話しているなど思いもしないでしょう」

鶴子は返答に窮した。藤太郎との出会いに言葉では言いがたいものを感じていた。彼への親近感は日増しに強くなっている。彼のことを思うとひたひたとしたものが心の襞《ひだ》を包んでいく。

師走に近いある日、鶴子は電車とタクシーを乗り継いで湖北へ水鳥を見に出かけた。藤太郎の誘いによるものだった。電車から降りた彼はどことなくぎこちない感じがした。鶴子を恐れるような視線がうかがえた。佑介は例のことを藤太郎に話したのかもしれない。鶴子は意識して何気なく振る舞った。

水辺から二、三百メートル離れたところに水鳥観察センターがあった。ガラス張りのセンターには望遠鏡がいくつも据え付けられ、種々の水鳥の剥製が棚に収まっていた。藤太郎は馴れた手つきで望遠鏡を操作し、鶴子をその前に立たせた。

丸い小さな世界がしだいに広がりを見せていった。

「白鳥だわ」

鶴子は嬉々として叫んだ。さざなみが金波になり、銀波になってその中を二羽の白鳥が滑っていく。音のない幻の光景だった。二羽の王者に従わんと真鴨の群れがかしずいている。丸いレンズを通して見るとほんの少し手前に別世界が存在しているかに見える。清らかで静かな無彩色の光景に鶴子はいつしか藤太郎との生活を重ねていた。

どのくらい時が経ったであろうか。館内には藤太郎の他は誰も見当たらなかった。彼は鶴子の得心がいくまで待ってくれていたらしい。望遠鏡から離れるとレンズの中の世界は葦の向こうで黒白の豆粒と変わっていた。

「ここから見ると鴨はあんなに小さくみえるのですよ。白鳥もボールの大きさかな」

このとき、鶴子はふとレンズの中の白鳥のように藤太郎と現を越えた暮らしをしてみたいと思った。

帰路、藤太郎はようやく重い口を開いた。

「佑介とお会いになったでしょう」

うなずく鶴子に彼の目は母の反応をうかがう幼子のような不安を帯びていた。

「何ということなのかしら。こんな結ばれ方もあるのね、きっと今までのお母さんの行いがよかったからよ」

娘の志保は鶴子を物語の主人公にでも見立てているのか、うっとりとして言った。長男には手紙で知らせ、母の新たな旅立ちを祝福しますという旨の返事がすでに届いていた。

「お父さんがあの世でやきもちをやいていらっしゃるかしら」

志保は首をすくめてくすりと笑った。

「でもお母さんたちの場合はただの出会いではありませんよね。不信心なわたしが神を持ち出したくなるくらいですもの」

「お父さんも許してくださるかしら」

鶴子はそう言って笑う。

「おめでたい話を前にして言いにくいことだけれど」

志保は言葉を濁して、鶴子を見た。

「いいわよ」

この際、鶴子は志保の本音をすっかり聞いておきたかった。

「こんな考え方もできないかしら。伊原さんは息子さん夫婦、とりわけお嫁さんにとって心地よい存在とはいえない。つまり、お母さんとの再婚は体のいい厄介払いでは……」

志保が意地の悪さから言っているのではないことはわかっていた。四十を目前にした彼女は仕事を持ち、再婚してそれなりの生きる大変さを経験してきているはずだ。志保に言われるまでもなく似た思いを鶴子が抱かなかったといえば嘘になる。だが、彼女は自分の意思を大切にしたかった。

「人が生きていく間にはどう抗《あらが》っても抗えきれない場合もあれば不思議な縁で結ばれていたとしか思えないこともあると思うの」

鶴子は伊原の家を追われたいきさつをぼんやりとタイムトンネルの中に見い出していた。鶴子はせめて、藤太郎の生死が判明するまで伊原の籍を抜きたくなかった。が、家を守るためにはこの方法しかないとする義父の頑なな考えを拒み通すことはできなかった。十年後に復員してきた藤太郎があえて一文も譲り受けず東京へ出てしまったのは世帯主となった弟の元にいる居づらさだけでなく、父のやり方への反発があったことは間違いないだろう。

「わたしたちはお母さんが幸せにさえなってくれればいいのだから。そのかわり、もし不幸になるようなことがあったら黙ってはいませんよ」

「おお、恐いこと」

鶴子はしかめ面をして笑った。

達治が亡くなった時、遺産相続もことなく済み、鶴子は二人の子どもに店を売った金額の三分の一を分け与えていた。残るは鶴子の住む住居だが、これも知り合いの弁護士を通して遺言が作られていた。

何の煩わしさもない幻のような暮らしをしたい。鶴子はレンズの世界に映った遊泳する夢幻の白鳥の姿を思った。老いた白鳥は互いに羽を繕い労《いた》わりあわなければ。

そんなことを思い、鶴子は誰にともなく弱々しく微笑んだ。すりきれた羽を繕ういとまもなく達治は病み、逝ってしまった。達治の代わりに神様は藤太郎と巡り合わせてくださったのかもしれない。

式というほどのものではなかったが、長男が外国から一時、帰国するのに合わせて家族の対面をかねての披露宴が結婚式となった。

「お母さんたち、いま流行の結婚の形ね」

長男の嫁はそう言って笑った。婚姻届は出したものの姓は今まで通りを使うことにした。くちはばったくて誰にも言えなかったが、婚家にしばられる生き方は御免だった。鶴子は密かに自分を大切にしたかった。

「新しい表札が二つ必要ですね、それは僕がプレゼントさせていただきましょう」

佑介が鶴子の家には不似合いとも思える立派な大理石の表札を二つ届けてくれた。それを見た志保はこのくらいでは少ないくらいよ。お荷物を引き受けるのですもの、と口を尖らせた。鶴子は黙って笑っていたが、父を二人持つことになる娘の気持ちを思いやった。


「大きなしめ飾り」

大小の二つの岩を結ぶ巨大な縄に鶴子は感嘆の声を漏らす。

「いつか伊勢の旅に出た俳句の仲間が夫婦岩のしめ縄のことを言っていたことがあるのですよ。夫婦だからといってあんなに太い綱で繋がれていては逃げることもできやしない。あれは互いに逃げられないように結びつけてあるのかしらって」

ほほう、と藤太郎は関心したふうに言う。そう言った彼女も離婚が罪悪視された世の人間であった。夫が亡くなると誰はばかることなくせいせいしたと残る人生を謳歌している。その彼女が鶴子の再婚を思いとどまらせようとした強硬派の一人だった。

鶴子は夫婦岩に向かって手を合わせる。初めと終わりが一緒で中身抜きの夫婦をお二人の神様はどう見ていらっしゃるだろうか。

「夫婦別れしないようしめ縄買っときや。太いがっちりしたのをな」

後方で威勢のいい団体客の一人が息巻いている。どっと笑う声に思わず振り返り、鶴子も微笑んだ。が、藤太郎は黙って海を見つめたままだった。マフラーとコートの裾が風に揺れ、影を引きずっているような彼の後ろ姿に鶴子は胸を打たれた。また、鉛色の湖を思い出しているのだろうか。鶴子が見たこともない海と見紛うばかりのバイカル湖である。

「宿へ戻りましょうか」

沖の方から白い牙が寄せていた。振り向いた藤太郎の眼が気のせいか潤んでいるように見えた。いや、寒さのせいかもしれない。鶴子はそう思い直し、ショールをすっぽり頭に被せた。彼女も目元が寒気に刺激されるのか涙が滲んできそうであった。

湯に浸かった藤太郎は生気が戻ったように頬を紅潮させていた。杯を交わす互いの手に鶴子は五十二年前のふっくらとした自分の白い手と筋力に満ちた雄々しい藤太郎の手をだぶらせた。

ほろ酔い加減になるにつれ、祝い歌がどこからともなく聞こえ、軍歌が耳の底を揺るがした。藤太郎は目を細め、黙々と杯を重ねていく。鶴子は彼の膳から料理が一品、二品となくなるにつれて自分の皿のものを分け与えた。

鮑《あわび》の塩焼きが消え、鯛の刺身が消えていく中で、藤太郎の好物が鶴子の脳裏に甦った。五十二年前この宿の夫婦岩の見える同じ部屋で予想もしない海の幸に藤太郎は上機嫌になっていったのだ。それまで、緊張した夫の表情しか知らなかった鶴子は藤太郎の綻《ほころ》んだ顔に自分も一息つく思いだった。

達治は下戸だったため、鶴子は酒の相手をしたことがなかった。卸問屋の寄り合いに出ても彼はいつも早々に引き上げ、堅物で通っていた。仕事が趣味のような達治と向かい合ってゆっくりお茶を飲んだのは数えるばかりだった。それも老境に入ってからの記憶である。染みの浮き出た藤太郎の青白い顔面が桜色に染まり、染みが拡散され若返っていくのを見るのは気持ちがよかった。

「酒は百薬の長といいますものね」

鶴子の言葉に藤太郎は嬉しそうに相づちを打つ。藤太郎はうっとりした眼で徳利を見つめている。そのうち、彼は膳のそばに倒された徳利に頬摺りを始めた。

「藤太郎さん、どうなさったのですか」

鶴子の胸は強く動悸していた。彼女はあなた、と自分が呼んでいないことにも気づいてはいなかった。

「久子、これからは頼みますよ」

藤太郎はとろりとした目で鶴子を見て言った。鶴子は亡き妻の名前を口にする藤太郎を茫然と見つめた。考えてみれば互いにうっかり亡き連れ合いの名前を呼ぶことは十分ありえることだった。たまたま藤太郎が先に口に出しただけである。しばらくして藤太郎はよろよろと立ち上がった。

「ご不浄ですか」

鶴子の言葉も藤太郎の耳には入っていないようだった。あわてて立ち上がった鶴子は彼の右腕を支えた。細身の身体からずっしりと重さがのしかかってくる。意外な重さに鶴子はあえいだ。

お手洗いについてからが大変だった。下駄がうまく履けないのはいいとしてもしかるべきものを藤太郎は出すことができないでいた。幾度ももそもそと股間をさぐるのだが、いっこうに取り出せない。

鶴子ははらはらと見守っていたが、事が起きてしまってからでは後の始末が大変である。大きく一呼吸すると浴衣をまくりあげ、下着を剥脱して後から支えながら便器の前に立たせた。

やがて牛の尿のような音が噴出した。鶴子は胸を撫でおろし、自分の取った処置に満足した。が、勇猛な音は瞬時にしてなりをひそめ、もう終わったのかと覗き見ると萎びたものから途切れることなく雫が滴っていた。

鶴子は苦笑した。俳句の仲間が冷やかしたようなことは少しも期待してはいなかった。心と心の温もりがあればいいのだからと鶴子は彼女たちに答えた。しかし、達治がいなくなってから小綺麗な一人暮らしを続けてきた鶴子には眼前の光景はあまりにも現実的であった。

小さな庭にれんぎょうや木瓜が咲き、金木犀の生垣が新芽を吹き出した頃、鶴子と藤太郎の新婚生活は軌道に乗り出した。鶴子は何度か藤太郎の酒の相手をするうち、彼をコントロールすることを覚えた。

どのくらい飲ますと足がふらつき、立たなくなるか、そしてまた彼が自ずと亡き妻とのことを口にするようになるか、おおよその見当がついた。

素面のときは彼も意識しているのか過去のことには一切触れない。鶴子も達治に関わる話はしない。しかし、鶴子は押し入れにしまっていた達治の衣服を次第に藤太郎に着せるようになっていった。他意があるわけではなく、新しい物をタンスにしまっておくのはもったいないと思ったからだ。

お父さん、とてもよく似合いますよ。鶴子は思わずそんな声を発しそうになりあわてて唾を飲み込む。彼女の言うお父さんとは当然、達治のことである。藤太郎も鶴子の心中を覗き見したようににっと笑う。

佑一夫婦も新しい生活に入った鶴子と藤太郎を訪れ、睦まじくしている二人を見て安心して帰っていった。確かに声を荒立てることは何一つなかった。だが、彼らは鶴子の密かな企てを知らなかった。

初めは簡単な悪戯心だった。鶴子のことを久子と呼ぶ藤太郎に鶴子ははいはいと久子になりきった。そのうち、彼女は藤太郎と久子の過去を共有してみたくなった。藤太郎が無意識のうちに発する久子への言葉を聞くだけで事は足りた。

「お父さん、どの辺りをさするのね」

藤太郎が杯を重ね、久子と呼ぶようになると鶴子は聞いたこともない久子の声をまねる。そしてそっと藤太郎の様子を窺う。彼は薄目を開け、心地よさそうにしている。

「背筋に添って、そう強く」

二言三言交わす話の内容はたわいもないものであったが、ゾクリとしたものが鶴子の身体を通り抜けた。

だが、その遊びも長くは続かなかった。ある夜、久子になりきっていた鶴子に藤太郎が狼狽の色を見せたかちだ。久子と呼んだ彼はまじまじと鶴子を見つめていたが、にわかに困惑の表情を表し、目をぱちぱちさせたかと思うと鶴子から視線を外し、虚ろな眼を宙に浮かせた。

灰色の眼には怯えが表れ、身体が小刻みに震えていた。

「藤太郎さん、どうなされたのです。ねえ、藤太郎さん」

鶴子は藤太郎の単衣の袖を掴み、揺すぶった。もしかして脳溢血に……。そう思った鶴子は彼の身体を必死で支えた。このまま倒れて意識不明にでもなれば大変なことである。彼女は全身の力をふり絞って藤太郎を抱え込んでいた。そのうち、鶴子は藤太郎が自力で立っていることに気がついた。力んでいるのは自分だけだったのだ。

「藤太郎さん、どうもなかったのですね」

弱々しい目付きでうなずく藤太郎を見たとき、鶴子は初めて彼が二人の女性の間を行き来しているうちに意識が混然としてしまったのだと気がついた。鶴子の内部に達治という幻が棲んでいると同じように藤太郎の内部にも久子が棲みつき、鶴子と競合していたのかもしれなかった。

「枯渇したと思っている頭が突如として泉を吹き出したようになることはありませんか」

鶴子は藤太郎の言葉にうなずいた。彼は詳細を口にしないが、鶴子には彼が言おうとしていることが理解できた。神様は二人を一緒にして下さった。だが、諸々の影を引きずる人間として巡り合わせて下さったのだ。自分の失態の許しを請うように鶴子を見つめる藤太郎を鶴子はしみじみ愛しく思った。

ときとして訪れるこうした点を除けば二人は鏡の中の生活のような穏やかな満ち足りた日々を送っていた。藤太郎は晴れた日はたいがい釣り竿を片手に出かける。鶴子もその後に従う。天から与えられた余剰の人生だと思うからか、何も考えずに一時、一時を自分たちのためだけに過ごすことができる。

釣り竿を手にしていてもその日の気分で藤太郎も一日中、湖を眺めていることもある。鶴子はそんな藤太郎の背を見つめながら、ふと彼は何を思っているのだろうかと考えてみたりもする。が、いつしか湖上の現とも思えない煌びやかな光に飲まれていった。

「わたしたちはこの世からおさらばした人間みたいですね」

そんなことを言う鶴子に藤太郎もにこやかにうなずく。余生を生きるとはあの世へいくための心身の準備期間なのだろうか。鶴子は輝き渡る湖面の光源を探るように遙か彼方へ目をやる。

「輝きのうんと向こうに観音さまが見える気がします」

晴れの日が続くと鶴子は本当に観音さまを見たような気持ちになる。

「わたしは地獄の閻魔大王を見てきました」

藤太郎は一時おいてぽつりと言った。彼は竿を放り出し、黙り込んだままぼんやりと前方を見つめていたが、その眼は湖上のきらめきを見ているとも思えなかった。ときおり、首筋に痙攣が走るのを鶴子は見逃さなかった。

その夜、眠っていた藤太郎がいきなり口を開いた。

「久子、白い亡霊がわしを連れにきた。払え、払ってくれ」

不確かな呂律の中でようやく鶴子はそれだけを聞きとることができた。鶴子の頭の中にシベリアの雪原を行軍する雪にまみれた一団が浮かんできた。人形みたいに倒れて決して起き上がることのない姿。それでも行軍の兵士はゆっくりゆっくり亡霊のように進んで行く。藤太郎から聞いた話でもなく、鶴子がかつて達治と結婚してから彼に内緒で見に行った映画だった。

翌日、鶴子は昨夜の話をそれとなく持ち出してみたが、藤太郎は何も覚えていなかった。いずれにしろ、彼が口にするのは久子に関わる話が多かった。鶴子は寂しく思ったが、一緒に暮らした歳月が違うのだからと自分を慰めた。鶴子の場合も心の奥底を覗けば達治にまつわる思い出が大部分ではないか。かつての藤太郎との一年足らずの生活は薄められ達治の中に同化してしまっているといってよい。無意識のうちに自分もいつ藤太郎のように何を言い出すかわからないのだ。


春が過ぎ、夏が過ぎ、冬がやってきた。鶴子と藤太郎は週に一度は湖北の水鳥を見に行った。曜日を決めているわけではなかった。朝起きて東の空に雲が広がっていなければ二人は出かけた。鶴子は単純に藤太郎はよほど湖北の湖が好きなのだろうと思っていた。彼女もまた、望遠鏡に現れ出る幻の世界を日がな一日見ていても飽きなかった。

「よほど、水鳥がお好きなのですね」

顔見知りになったセンターの初老の職員が声をかけるようになったが藤太郎は笑みを浮かべ、うなずくだけで即、望遠鏡に向かった。彼の姿は話しかけられるのを拒否しているかに見えた。

無口な藤太郎が望遠鏡を前にして異常な興奮を示したのは年の明けた半ば頃であっただろうか。

「黒鳥もいるぞ。おい、白鳥の群れだ、見て見ろ」

威丈高な声に鶴子は自分が呼びかけられたのかどうかわからず、藤太郎を見た。彼が鶴子を見ていないのは明らかだった。藤太郎のどんよりした眼は遙か彼方を見ていた。

「これから日本へ行くのもかもしれない。おい、誰かあの白鳥の群れに連れて帰ってもらえ。痩せ細った人間の一人や二人、やつらは十分運ぶ力を持っているぞ」

強《こわ》ばっていく鶴子の表情をよそに藤太郎は不気味に笑ってさえいるのだった。

結婚一周年を前に藤太郎のたががじわりじわりと弛《ゆる》んでいくようだった。だからといってまったく呆けてしまったわけではなかった。彼は年金の支給日には必ず自分から出かけて行き、鶴子にお金を手渡した。

「これで足りるかね」

「ええ、足りますとも。充分すぎるくらいですよ」

満足げな藤太郎に鶴子は大仰に喜んで見せる。

だが、鶴子の不安はしだいに募っていった。そんなある日、彼女はいつもと違う藤太郎の声を聞いた。

「お母さん、今度は鶴子も連れてきてやって下さい。どうやら外地へ行く日が近いらしいのです」

張りのある声に鶴子は目と耳を疑った。間違いなく眼前の藤太郎が鶴子に向かって言っているのである。悪寒と同時に底に埋もれてしまっていた義母、富の声が雷鳴のように甦った。

——鶴子、おまえは藤太郎に告げ口をしたのですね。お母さんがちっとも面会に行かせてくれないと。

鶴子はその後の富の言葉は記憶していない。ヒステリックな音声だけが耳を占領していた。そして翌々日の面会日には物も言わずに鶴子を押し出した。

鶴子の眼からひとしずく、ふたしずく涙が滲み出ていった。干涸びていた彼女の記憶が海綿のように膨らみ、生き返った。藤太郎はしばらく鶴子を見つめていたが再び口を開いた。

「鶴子、苦労をかけるな」

鶴子と呼ばれたことに彼女は胸を震わせた。藤太郎は鶴子の名前を再会以来一度も、呼んだことがなかったからだ。

彼はおもむろに鶴子の手を取り、自分の手に重ねた。それから詫びるように何度も鶴子の手を撫でた。

彼の頭は間違いなく五十年前の面会日にタイムスリップしていた。藤太郎の知るふっくらとした新妻の手はあの時、かさかさとした別人の手になっていたのだった。

仄《ほの》かな鶴子の期待もむなしく藤太郎の痴呆状態は急速に進んでいった。

ある日、藤太郎は鶴子がクリーニングに出そうと思っていたマフラーとオーバーを身につけ立っていた。

「どうなさったの。もう公園の桜も五分咲きになりましたよ。風邪気味なのかしらね」

黙ったままの藤太郎の額に鶴子は手を置いたが、熱があるとは思えなかった。

押し入れから薬箱を取り出し戻ってきた鶴子は眼前の藤太郎を見て声も出なかった。彼はタオルで頬かむりをしてオーバーの上から鶴子の割烹着やカーディガンをぐるぐる巻きにしていたのだ。

「ここはどうしてこんなに寒いのだ。まったくやりきれないな」

怒り声で話す藤太郎に鶴子は足がすくんだまま、返答もできないでいた。

藤太郎は翌日もその次の日もありとあらゆるものを着込んで外へ出て行った。遠くへ行くわけではなかったが、彼は、一点を見つめたまま、たえず何かを探し求めているふうだった。

鶴子は藤太郎から目を放すことができなくなった。ところが、彼はわずかの隙を上手について外へ出てしまうのだった。鶴子が用を足して戻ってきた時、表の方で子どものはしたてる声がした。咄嗟に玄関へ出てみると頭にパンツをかぶった藤太郎が小学生に取り囲まれていた。

昼間の彷徨はまだ救われた。やがて藤太郎は夜、昼がわからなくなったのか夜半にうろつくようになった。鶴子は自分の体力を思った。こんな状態を続けていたのでは自分が参ってしまう。だが、志保に相談してみても結論は見えている。彼女は佑介夫婦が今すぐ藤太郎を引き取るべきだと言うに違いない。

「せっかく巡り合えましたのにねえ」

鶴子のスカートを首に巻いた藤太郎の手を引きながら、彼女は泣き笑いの顔で言う。藤太郎は自分だけの世界にいるのだろうか。彼の眼は自分以外の誰をも見ていないらしく焦点が遠くに定まっていた。

鶴子は俳句どころではなくなった。が、不思議と藤太郎と結婚したことに対する後悔の気持ちは湧いてこなかった。藤太郎の世話に夢中になっているときはなぜか気持ちが安らかになった。しかし、鶴子のそうした気持ちもときおり乱されることがあった。久子の名前が藤太郎の口から発されると鶴子の胸底で枯死したと思っていたものがじわりじわりと動き出すのだ。

今宵も鶴子は死んだはずのものと抗っていた。ようやくの思いで捜し出した藤太郎が正気に返ったように久子の名を口走った。

「久子、おまえは上手やったなあ。わしが痛がると親指と中指とで痛いところを抑えて指圧をしてくれた。久子、もう一度指圧してくれ。わしは胸が痛むのだ」

藤太郎の腕を取った鶴子は一瞬、ためらい彼の顔を見た。珍しく柔和な藤太郎の顔が鶴子の眼に入ってきた。その途端、彼女は力の限り突き飛ばしたかと思うと倒れた藤太郎の上にむしゃぶりついていた。藤太郎は羽がいじめにされながらも久子、ここをと胸の辺りを差している。久子を呼ぶ藤太郎の声は鶴子の気持ちをますます昻《たかぶ》らせていった。

「胸なんか苦しいものですか。あなたのは神経的なものだとお医者さんもおっしゃっていたのだから。心臓なんかどこも悪くない、悪くありませんよ」

大声で喚《わめ》きながら鶴子は藤太郎の体から離れようとしなかった。

藤太郎はなおも久子を呼び続けている。ほんの一瞬の出来事であったのかどうか鶴子にはわからなかった。我に返った彼女はあわてて立ち上がった。暗がりから鶴子にすがるような藤太郎の眼が向けられていた。彼の視線を見つめているうち、胸中で波立っていたものが急速に引いていった。犬の遠吠えが静まった闇の向こうから聞こえてきた。鶴子は藤太郎を抱え起こし、埃を払った。

「さあ、わたしが久子ですからね」

鶴子は大きな声でそう言って強く藤太郎を抱き締めた。冷え切った藤太郎の手足から彼の孤独が滲んでくるようだった。

闇に浮かんだ遠くの街灯に向かって二人は一歩また一歩、歩き出した。街灯がいつしか虹の懸橋となって夜空に輝いていた。

臍の緒、五つ

桜の花びらがあちらの枝からもこちらの枝からも舞い降りてくる。清恵は周囲を薄桃色に染めた大木を見上げながらついに、散り時がきた、と思った。

「そよ風さん、できるだけ優しい風をお願いしますわ」そうつぶやく清恵の白髪の頭の上に花びらがひとひら付着する。坂田の家に嫁いできてから六十五年の間、毎年見てきた桜樹である。亡くなった義父がかつて、「この桜はおまえさんと同期での。二十二歳になる」と家の住人になったばかりの清恵に言ったものだ。

あのころは樹皮に苔も生えず、枝振りもしなやかだった。が、今や四方に伸びた枝の一つひとつが一本の桜の木のように見える。子らが生まれるたびに亡き夫が六つの枝に名前をつけていった。一政、優、泰子、妙子、加奈絵、最後は幸彦。が、不思議なことに優が夭折してまもなく、六つあった枝の一つが枯れてしまったのである。

以来、夫の誠治は桜の木に関心を持ち、虫がつけば消毒し、ときおり栄養を補給するかのように油粕や骨粉を樹木の周りに施すようになった。そんなこともあってか、花の少ない年は数えるばかりであったように思う。覚えているのは夫が亡くなった翌年、少ない花を見ていっそう悲しんだものだ。そうしたこともあってか、桜の木は人の心を映すものだと思うようになった。

誠治が逝ってからはこうして茣蓙《ござ》を敷き、一人で花見をするのが年中行事になっている。

婆さま友達が一緒の時もあるが、それでも一人だけの花見がだんぜん多い。

「今日はとっておきの花見や」清恵はにんまりして膝の上の茶褐色になった紙包みに手をやった。そして「よくもまあ」と微笑んだ。

二週間前のことである。清恵は嫁入り道具の桐の古箪笥を整理していた。めったに開けることもなく、またたいしたものが入っているわけでもなかったが、いざ開けてみると懐かしいものが次々出てきた。子どもたちの通信簿、代々の家計簿、アルバムに収められないでそのままになっていた写真。着物も数枚しまっていたが、たいていは後で買った大きな和箪笥に移していたため、場を占めていたのはがらくたが大半だった。

それらに混じって出産の時に使用したT字帯や腹帯までが顔を出した。いずれも清恵同様に長の年月を滲ませていた。懐かしさのあまり、彼女は思わず、腹帯を腹部に当ててみた。なんだか気持ちまでが妊婦になってくるようでひとりでに笑いが込み上げてくる。自分にもこんな時があったのだ。清恵は心持ち腹をそらせ、歩いてみる。いずれの場合も安産で犬のようにペロリと産んだ。清恵は大仰に出産に臨む娘たちに、幾度も私はペロリと産みましたよ、と言ってやったものだ。

最後に大切そうに幾重にも紙に包まれているものが出てきた。取り出して見ると紙包みはさらに五つに分けられていた。何をたいそうに、と思うが、自分でも中身についてはまるで見当もつかない。一つをそっと開けてみた。何やら干涸びたものである。二つ目も同じように干涸びた五センチほどの縮んだ黒褐色のものだった。三つ目も、四つ目も五つ目も同じものだった。

清恵は唸った。臍《へそ》の緒以外に考えられようか。彼女は早速、隣町に住む末の娘の加奈絵に電話をかけた。すっかり忘れていた臍の緒の存在は清恵にとって大発見であった。車で十五分あまりの所に住む加奈絵は急ぎやってきた。それほど興味があったわけではなさそうだが、老母の口吻に誘われたようだ。

「わあ、なに、これ。気色悪い」

加奈絵の第一声はふくらんでいた清恵の思いを一挙にぺしゃんこにしてしまった。

「しっかり見てよ。点のような虫がついているわ。よくも今まで大切そうにしまっていたものねえ。早く土にでも埋めた方がいいんじゃないの」

娘はさらに追い打ちをかけるのだった。清恵は口をむんずと結び、押し黙ってしまった。加奈絵は母の強ばった表情に気付き、慌てて付け加えた。

「お母さん、ごめん。ほら、私って昔から大の虫嫌いでしょ。それに他のものに虫が移ったらよくないじゃない」

清恵の心中はもう何を言われても収まらない。怒りと悲しみが渦を巻いていった。

「いいよ、もう。これは私にとっては大切なもの。虫干ししてあの世まで持っていくのだからね」

彼女はそう言い放ち、くるくると常には見られない機敏な動作で臍の緒をしまいこんだ。

「でもやっぱり、ちょっと私の臍の緒がどれか見てみたいわ」

加奈絵は包まれた紙包みに手を延ばした。

清恵も頑なに拒もうとはしなかった。

「あれ、どれにも名前が記されていないわ。これではどれが誰の臍の緒かわからない」

そう言われて見ると、どの紙包みにも日付も名前も書かれていない。

清恵はなぜそうなのか自分でも思い当たらなかった。

「五つの臍の緒を並べてみれば、その古さがわかるかもしれない」

加奈絵はそう言い、真新しいタオルを引き出しから取り出し、その上に一つひとつ、干涸びたものを並べていく。

「ていねいにね。ちぎれては台無しだから」

清恵は娘の扱いに文句をつける。

「どう、わかる?」

並んだ五つの臍の緒を見ながら加奈絵は首を傾げる。正直、清恵にもわからない。なぜ、何も記さずにしまってしまったのだろう。せめて日付だけでも書いておればと、悔やまれる。それから清恵は五つにじっと目を凝らした。小さな虫の付着しているものは二つ。それならこの二つが古いのかもしれない。長男の一政と長女の泰子のものか。が、どちらがより年代めいているかは判別しがたい。

「お母さん、虫が付いているからといって、それが必ずより古いものかどうかはわからないわよ。包んだときの臍の緒の状態にもよるだろうし」

確かに言われてみればその通りである。清恵は途方にくれた。

「ちょっと待ってお母さん。我が家の子どもたちの臍の緒もまだ捨ててないと思う。小さな桐の箱に入れて本棚の隅に置いたままだと思うの。帰って見てみる。何か手がかりがつかめるかもしれない。それに病院で出産したから名前も記されていたから」

娘の言動に清恵はようやく落ち着きを取り戻した。

「それにしてもこうして眺めて見ると、臍の緒ってグロテスクよねえ」

五十になったばかりの娘の言葉に清恵は世代間の断絶を思わざるを得ない。彼女は加奈絵が臍の緒を見て感激するとひとり思い込んでいたのである。母子の絆を示すこれ以上の証があろうか。

それから一時間あまり後、自宅に帰った加奈絵が電話をかけてきた。

「やっぱり本棚に置いていたわ。寿と記された小さな桐の箱。裏面には生年月日と出産時の体重と身長、それに医師の名前まで書いてあった。思いだすわねえ、二十五年前、初めてのお産の日」

加奈絵の感慨深そうな声に清恵はすっかり機嫌を直していた。そしてやはり、母親だと頬を緩めた。

「でもね、箱だけは古び具合からどちらがより古いのかは見分けることができるけれど、中身はまるで見当がつかない。どちらも黒く固まって肉眼では同じように見えるの」

「いいよ、いいよ。わからなくても。いずれも我が子の臍の緒には違いないのだから」

「そうかしら。けれど、私は自分のものを見たかったなあ」

清恵はその言葉を耳にし、苦笑いした。それなら気色悪いなどという言い方をしなければいいのに、と思うのだった。

その日から、清恵はときおり五つの臍の緒を虫干しするようになった。独り暮らしの彼女の邪魔をする者はいない。春の柔々とした光を浴びながら五つの臍の緒を眺めていると若いころが思い出される。

太平洋戦争が始まった十二月八日に嫁いできた清恵は翌々年の三月に一政を出産した。彼女は頭の中で長男の年を数える。六十二、いや六十三か。自分の頭が衰えるのも無理はない。最近では耳が遠くなり、幾度も聞き返し、遠慮のない加奈絵などは聞き返すといかにもぎょうぎょうしく、大声で繰り返し言う。

やはり虫の付いたものは一政のものか。清恵は黒っぽい干涸びた臍の緒を手で触ってみる。あの子は胃腸の弱い子だった。それで臍の緒も虫がつきやすかったのかもしれない。遠くの大学にいってしまい、とうとう故郷に居着くことはなかった。長男は必ず手元に置くように、という代々の家訓を破った自分たちが弱かったのだと清恵は思っている。

臍の緒が一つ足りないのは恐らく、生後六か月で亡くなった優と一緒に葬ったのだろう。敗戦まもない物不足の時に生まれた子だったが、十分に医療が受けられなかったことは今も清恵の心を痛める。最後は母乳を飲む力もなく、大きな澄んだ目をいっしんに清恵に向けていた。死に逝く赤子の瞳とも思えない眼だった。

次に生まれたのが泰子。亡くなった優の後に生まれたあの子は大切に育てた。清恵は干涸びた黒い虫のようになった臍の緒の一つ一つを見つめ、見当をつける。そして心持ち大きめの黒い固まりに目星をつけた。泰子はまるまるとして笛のような声で生まれてきた。病気もせず健康そのものだったから一番立派な臍の緒にちがいないと思った。遠くの町で保育士をし、今も笛のような声でよく清恵の安否を気遣ってくれる。

並べられた臍の緒の上にひとひらの花びらが降りていく。ほおっと見つめる清恵を喜ばせるかのように一陣の風が吹き、花びらがはらはらと続け様に臍の緒の上に舞い降りてきた。清恵はほほ笑み、つぶやいた。私の分身だもの、一緒に土に埋めてもらおうね。このままほっておけばきっと自分のいなくなった後、捨てられてしまうに違いない。

さて、妙子のものは、と清恵は残る三つに目を凝らした。見れば見るほど違いがわからなくなってきたが、彼女はあることに気づいたのである。ひとかたまりに見えるが、よく見るとくねくねと曲がって密着しているものがある。妙子は小さい時から臍曲りのところがあって育てにくい子だった。もしかすると生まれるとき、産道で他の誰よりもくねくねとまわりながら出てきたからかもしれない。

そういえば安産の部類ではあったが、六人の中で腹が痛みだしてから一番時間がかかったように思う。臍の緒がもう少しで首に絡みそうだ、と言う産婆さんの声を聞いたのは妙子の時でなかったか。いや、それは加奈絵であったか。清恵は記憶を呼び戻そうとするが、底にこびりついてしまい、その片鱗すら立ち上ってきそうになかった。

いずれにせよ、妙子は決まり、としよう。残る二つに清恵は目を凝らす。清恵の衰えた眼力には同じように見えていたが、やはりためつすがめつ見ていると違いがわかってきた。間を空けずに並べてみると明らかに一方のものは貧弱に見えた。

これは体重が二千五百グラムだった幸彦だ。それなら加奈絵はこちらに違いない。そう結論づけるとかたわらの黒くこちこちになった臍の緒を少しずらして置き直した。それから紙に加奈絵と記し、再び包んだ。

ようやく安堵した清恵は再び同期の桜に目をやる。よくもまあ、今年もこれほどの花を咲かせてくれたことか。大きな五つの枝の花々が夜には花明かりとなる。今宵は幸彦を呼んで花見酒でもふるまってやろうか、そんな思いが清恵の頭を掠《かす》めた。今だに独り身の末息子を思うとまだまだあの世へはいけない、と萎《な》えた手に力が入ってくる。

頬を撫でる風がひんやりしてきたのを潮に清恵はていねいに臍の緒を新しい紙に包み直した。そして筆ペンを取り出し、それぞれの名を記した。彼女はそれらを両の手で押し戴くように仏壇に置いた。真新しい紙に包まれ、虫の払われた臍の緒なら加奈絵も文句をいわないだろう。清恵は満足の笑みを浮かべた。

その夜、清恵は車で一時間半ほどかかる市の会社に勤める幸彦のアパートに電話をかけたが、まだ会社から帰っていないようだった。残業か、それとも飲みにでも行っているのか。四十も半ばを過ぎた息子が哀れでならない。幸彦などという名をつけるのではなかった。あの子は名前負けして今だに結婚もできない。それどころか、入社した会社が二度も倒産し、今の会社は三度目である。

だが、あの子のよいところはそれを少しも不幸と思っていないことだ。それだからか、亡き夫が命名した五つ目の幸彦の桜の枝は毎年盛況に花びらをつける。ああそれにしても、清恵は溜息をつき、卓袱《ちゃぶ》台の上に両腕をついて顎を載せる。出生と運というものの因縁を思わないわけにはいかない。

幸彦はいわゆる恥かきっこだった。三十九の年に産んだ子だ。清恵の頭の中に産婦人科の一室が甦った。呼び鈴が鳴ったのはその時である。

「婆っちゃん、いるか」

声とともに廊下の軋む音がする。幸彦がやってきたのだ。こういう呼び方をするときは機嫌のよい証拠である。嫁も子もいないのに婆っちゃんとは、清恵は舌打ちするが、頬は弛《ゆる》んでいる。

「酒の匂いにひかれてきたか。ちょうどおまえのことを思っていたのだよ」

「また例の話か。ちょっとこちら方面に仕事の用事があってね」

清恵は早速、臍の緒の話を持ち出した。

「それならその臍の緒さんとやらを拝ませてもらおうか。切っても切れないご縁のお方だからな」

仕事がうまくいったのか、彼は上機嫌である。清恵は気をよくして仏壇から幸彦、と書かれた包みを取り出し、開けた。

「ふうん、鼠の糞の固まったようなものだね」

「なんと、罰あたりな」

そう言いはしたが、言われてみれば、なるほどとも思える。

「幸彦はほんまに生命運の強い子や」

「もういいよ、それから先の話は。一言も違わずそらんじることができるからね」

彼はそう言い、冷蔵庫からビールを取り出し、縁側に持ち出した。清恵はいつ幸彦がきてもいいように冷蔵庫にビールを欠かしたことがない。

「今年も見事だな」

「そうや、今年こそ見納めかもしれないと毎日、花見をしてる。そらそら花嵐や。よい時にきた。明日にはもう花びらが半分になってしまうだろう」

ガラス戸に花模様が描かれたように花びらが舞いおちる。

忘れもしない四十六年前のあの日も、桜の花の舞う日だった。妊娠したかもしれないと病院の産婦人科に検診に行った。そして収まらない気持ちのまま診察室を飛び出したのだった。ガチャ、ガチャとわざとらしく器具を鳴らす音にびっくりして清恵は診察台から転げるようにして下りた。若い医師が手にする注射器が鼻先に見えた。「何するのです。私は診察にきただけです」。そういうや、清恵は身繕いをし、診察室を飛び出した。

後方で呼ぶ声がしたが、後も振り向かず歩きに歩いた。勝手に中絶の準備をする医師への怒りは激しくなるばかりだった。バスにも乗らず無我夢中で隣町の病院から歩いて帰ったのだった。

ほぼ半世紀にもなろうとするのにあの時の気持ちは少しも減ずることなく甦ってくる。診察料も支払っていなかったのではなかろうか。請求書が送られてきた覚えもない。

「オートバイの荷台から転げおちてもこの臍の緒は切れなかったのか」

「そうや、切れなかった」

清恵は力を込めて言い、遠い日の出来事を思う。腹部がふくらんでいたので産み月の数か月前ではなかっただろうか。宙に放り出された途端、清恵は腹部を両手で抱えたような気がする。あるいはそんな気持ちだけが働いていたのか、事実は不確かだが、お腹の赤子は幸運にも無事だったのである。

「これが婆っちゃんとわしを繋いでいたのか」

「そうや。命の絆や」

清恵は大きくうなずき、胸を張った。

「臍の緒さんよ、ありがとさん」

すぐ酔いのまわる質の幸彦は、赤い顔をして黒いかたまりに呼び掛けた。

「ありがたいことや」

清恵は重ねてそう言った。彼女は加奈絵にもその言葉を言ってほしかったのかもしれない。

「おまえは大人になってからも、二度も命拾いしたな」

「もういいよ。その話は」

幸彦は耳を塞ぐ。二つとも車の事故だった。一つ目は電柱に衝突し、足の骨を折った。二つ目は九死に一生を得る大事故だった。大雪の朝、踏み切りで特急列車と衝突し、幸彦の乗っていた車は飛ばされ、ぺちゃんこにつぶされた。ところが、雪面に放り出された彼は数分後、むくむくと起き上がった、というのだ。それを見た人は幽霊、いや幻を見たと信じて疑わなかったという。一寸先も見えないほどの吹雪が原因であったのだが、また田圃に降り積もった雪のお陰で掠り傷一つしなかったのである。

「陰に陽にこの臍の緒がおまえを守ってくれたんだよ。最後の願いは、お嫁さんだけれど、これだけはねえ。よろしく頼みますよ、臍の緒さん」

「嫁さん、嫁さんいうなよ、婆っちゃん。嫁さんをもらうと、もうわしは婆っちゃんのものではなくなるぞ。臍の緒も断ち切れだ」

清恵はなるほどと思った。そしてうまいことを言って逃げる、と苦笑した。

幸彦は酔っているからといつものように泊り、朝、早くに直接会社へ出かけた。その後ろ姿を見送りながら、清恵は昨夜、末息子が眠る前につぶやいた言葉を思い起こす。遠くなった耳が、確かに「婆っちゃん、わし、そろそろ家から通おうかと思う」と聞いたのである。いや、もしかすると日頃の願望が幻聴のように聞こえてきたのだろうか。その時、即座に聞き返せばよかったのだが、清恵は尿意をもよおしていた。居間に戻った時には幸彦は二階に上がっていたのだった。まあ、よい。今度きたとき訊ねてみよう。清恵はそうつぶやき、桜の木を見上げた。

数日のうちに老木はすっかり花を落とし、五つに広がった枝が空にくっきり浮き出た。その枝を見つめながら清恵は一政、泰子、妙子、加奈絵、幸彦の名を順につぶやいた。そして今日は泰子に電話をかけてみようと思った。初孫を得たばかりの泰子は臍の緒の話をどう思うだろうか。そう考えるだけでわくわくしてきた。あの子はまさか加奈絵のように突っ慳貪《けんどん》な言い方はしないだろう。

泰子は優を亡くした後、生まれた初めての女の子だっただけに夫も大喜びだった。順調に発育し、清恵の心も安定していたせいか、五人の中でも一番穏やかな性格である。最近、胎教ということが見直されているらしく、清恵の孫、泰子の息子の嫁などはよくモーツァルトとかいう作曲家の音楽を聞かせているらしい、と聞いたことがある。美しい音楽を胎内にいる時から耳にしていたせいか、鈴のような声を出す、と泰子が孫自慢をしていたことがある。

この大樹も、やがて若葉でざわめくようになるだろう。花が散った当初は毎年、なんともいえない空白感に見舞われるものだが、今年は臍の緒の出現でそんな思いに陥ることもなく、清恵は妙に満たされた気分である。

八十七歳でも現役の主婦は主婦。仏さまにお茶をお供えすることに始まり、家事を一通りこなし、一息ついたときには昼前である。

その中には花の水やりや、犬、猫の世話もある。惚けている暇などないわ、と常に清恵は強気である。ただ、耳が年々、遠くなっていくのは自分でも認めざるを得ない。

テレビのリモコンを押し、お茶を一口飲んだ時である。電話が鳴った。

「お母さん、私」

第一声で清恵には相手がすぐ泰子であることがわかった。あの子は昔からずっとこの言い方だ。

「私も電話で話したいことがあったのだわ」

清恵は弾んだ声で言う。

「もしかして私たちの臍の緒のこと?」

清恵は泰子の話に、いずれ加奈絵から電話でもあったのだろうと、肩透かしをくった感じがしないでもなかった。が、次の泰子の言葉に気を取り直した。

「お母さんってすごいわねえ。私、この年になって自分の臍の緒がまだ保存されていたなんて、感激だわ。でも、虫が喰っていたのですって」

「いや、そのうちの一つか二つだけね。でももう大丈夫だよ。虫干しして、乾燥剤も入れたから」

「今度帰ったらぜひ、見てみたい。私とお母さんを繋いでいた命の綱、いや、紐だものね」

清恵の心中はますますふくらみ、にこやかな表情になっていく。

「ところで、あんたのところの孫の奈々ちゃんの臍の緒、どうしてる?」

清恵にとっては四人めの曾孫である。ところが、受話器の向こうから大きな笑い声が聞こえるばかりだった。

笑いが収まり、それでもまだその余韻のある声で泰子は言ったのである。

「それがね、私がうっかりしてお湯と一緒に流してしまったらしいの。菜々ちゃんを湯からあげ、タオルで拭いている時、臍の緒がとれていることに気づいたのよ」

清恵は呆れて二の句が出てこなかった。赤ん坊の臍の緒を捜し出そうとする者は一人もいなかったのだろうか。

「お母さん、どうしたの。ねえ、聞こえてる」

泰子の声が耳の奥で響いていた。

仏壇の前に座った清恵はしばらくぼんやりしていたが、臍の緒の入った包みを取り出した。

それから膝の上に置き、うっすら笑みを浮かべた。私は時代遅れの人間なのだろうか。この年だから仕方がないといえばいえるのだが…。しかし、どんな時代になろうと臍の緒は母親にとって大切なものであるはずだ。これは私の宝物だ。誰になんと言われようが私の宝。虫が喰おうがどうしようが、この五つは紛れもなく私と子らを結ぶものだった。清恵の眼にはいつしか涙が滲んでいた。そしてその臍の緒を大切にしないものは命を大切にしないものだ。清恵の思いはしだいに飛躍していった。

彼女は幾分、意地になっていた。こうなった上は五人の子すべてに臍の緒の話をし、その反応を見てみたいと思った。指を折ってみるとまだなのは長男の一政だけである。旧い家の跡取りとして生まれた上に、初めての孫ということで坂田家は一家をあげて喜んだ。赤子の一政はいつも誰かに取り巻かれていた。母親にとっても初めての子はなんといっても感慨深く、思いも格別である。清恵は半ば期待をし、関東に住む長男に電話をかけた。

出たのは嫁の邦子だった。

「あら、お母さん、お久しぶりです。臍の緒、へえー、ずいぶん長い間持っていらっしゃったのですねえ。一政さん、今、ちょっと取り込み中なんです。来年、大学が定年になるでしょ。今、再就職のための書類を作っているのですよ。競争が激しくて大変なんです。まだ子どもたちの結婚もありますからこれからもがんばってもらわなくてはね。それに毎日、家に居られたら困りますものね」

一政に取り次いでほしい、という言葉が喉元まできていた。が、清恵は無理遣り飲み込んだ。その拍子に咳き込み、止まらなくなった。

「お母さん、だいじょうぶですか。息急き切って話されたからきっと息が苦しくなったのかもしれませんよ。気をつけてくださいね」

気がつくと清恵は受話器を置いていた。

結局、後生大切に思っていたのは自分だけだったのかもしれない。そう思うと彼女は無性に悲しくなってきた。気丈な人だと周囲からも、子らからも言われ、大きな古家で独り暮らしを続けてきたが、おだてに乗って無理をしてきたともいえなくはない。

ああ、もういい。あの世へ逝くのももう時間の問題だ。棺桶にこの五つの臍の緒も入れてもらうつもりだったが、そんなものこちらから願いさげだ。いつまでも子どものことを思っている方が馬鹿を見る。

「何だ、こんなもの。捨ててやる」

清恵は紙包みを手にとるや、窓から外に投げ付けた。力任せに投げたつもりが、ふんわり、舞うように落ちていった。心臓がトクトクと鳴り、このまま死んでしまいたい、と思った。独居老人、死後一か月、ようやく発見。そんな新聞の見出しが頭にちらついた。が、自分の場合は一週間に二度は加奈絵が様子を見にくるのでこれは当たらないだろう。しかし、知らぬまに息絶えていたとなれば子らへの面当てとなることは間違いない。

そんなふうに考えていると清恵は少し、気持ちが収まってきた。すると先ほどの臍の緒のことが気になってならない。亡くなった誠治からよくいわれたものだ。「清恵、短気は損気や」。彼女はくすりと笑い、臍の緒を拾いに出た。ある、ある。大包みから解けた小包みが大きな花びらのように前庭の龍舌蘭の緑の上に散っている。

あんたによう言われましたなあ。私はやっぱり短気を、墓場に持っていくことになるのかねえ。清恵はニタリとする。誠治と喧嘩した日々が懐かしく甦ってくる。

「待っていておくれ、お父さん。もうすぐいきますさかいな。あの世へ逝ったかて、私、負けしませんで。閻魔大王に喧嘩の仲裁など頼んだらあきませんえ」

清恵はそう言った後、私が逝くところは極楽や。閻魔大王などと目通りすることなどあらへん、と独り言ちた。

彼女は臍の緒を元通り仏壇に戻すと、日課の散歩に出た。どうしたことか、今日は杖も持たずに、である。忘れたのではない。故意にである。この年になったからといって杖を持たないといけない、ということはない。一年前から転けて骨折でもしたら大変だからと、加奈絵に無理遣り持たされていたのだ。

右、左、右、左。それでも清恵は転ばないように両手、両足に掛け声をかけながら歩いていく。不思議と背筋が伸び、気分が若くなった気がしてくる。人間、生まれる時も死ぬ時も独りや。口では独りの方が気が楽でいい、などと言いながら、やはり自分のどこかに子どもに寄り掛かろうとしているところがあるのかもしれない。さわやかな風に頬を撫でられ、清恵は安らかな心地になっていった。

深緑のころだった。珍しく一政から電話があった。

「お母さん、臍の緒の話、邦子から聞いたよ。今度帰ったらぜひとも僕の遺伝子の源を見せてもらうよ」

遺伝子の源…、清恵は頭を巡らしたが、息子は間髪いれずに言葉を続けていく。

「いや、今日、電話したのはね、来年はみんなが集まり、お母さんの米寿のお祝いをしようということになったんだよ。特上のホテルでね。それまではどうしても元気でいてもらわないといけない。それともう一つめでたいこと、僕の再就職が決まったんだ」

一政は常より冗舌だった。ときおり電話で話すことはあったが、清恵の方から何か問い掛けないと、言葉が続かないという口の重い息子である。

清恵は急いで、仏壇の夫の位牌に報告に行った。かたわらの誠治の写真が笑っている。

「短気は損気」とでも言っているようだ。臍の緒、五つ、いや、本当は六つなのに。優ちゃん、ごめんね、一番小さな位牌に向かって清恵はつぶやいた。

男村

清恵はうれしくてならない。今週の土曜、幸彦が帰ってくるからだ。たんに帰宅するのではない。これからずっと八十七歳の老母と住むというのだ。桜の花が満開のころ、聞こえにくくなった耳殻《じかく》の奥に清恵が幻聴のように留めていた息子の言葉だったのだが。あれから一年も経たないうちに実現しようとは。清恵のまなじりに涙が滲んでいた。

「婆っちゃん、帰ってもええで。帰ろうか」

繰り返し清恵は呟いてみる。しかし彼女は手放しで喜んではいられない。あの四十の坂を下った独り身の息子の姿が膨らんでくる。不精髭、髪はぼさぼさ、脛《すね》の丸くなったズボン。否が応でもやもめのような我が息子の姿を毎日目にしなければならない。いっそやもめなら、結婚に失敗したか、妻に先立たれたとか、一度は結婚したことには違いないので諦めもつこう。ところが、幸彦の場合、正真正銘の未婚なのだ。何度か見合いをしたが、断られたり、断ったり。この世には本当に幸彦のように結婚縁の薄い人間もいるのだ。

そのことを嘆くと、娘たちは笑いながらあっけらかんとして言う。「今は時代が違うわ、お母さん。結婚したくない男女も掃いて捨てるほどいるのよ」。そんな風潮も清恵は知らないわけではない。「結婚したがらない女たち」などとテレビや新聞で特集をしていることもあった。しかし、そのような類の人間がいることが清恵にはどうしても理解できない。神代のころから、男と女はあい妻合《めあ》わされるもの。イザナギ、イザナミの二神を見よ。国も男と女があってこそ生まれるというものだ。独り身でいることはご先祖さまに申し訳がたたない。国が滅びる元になるではないか。

幸彦が帰ってくるまでに何とかよい方策はないものか。居ても立ってもいられない気持ちになってきたが、いつものようにテレビの前に座る以外になかった。

清恵が見るチャンネルは決まっている。コマーシャルが嫌いな彼女はたいてい二つのチャンネルのうちいずれかを選ぶ。必然的に教養番組を見ることが多くなるのでなかなかの物知りでもある。テレビで得た知識を隣町に住む娘に吹聴したりするのでときおり、孫たちに「お婆ちゃん、博学ね」などと誉められたりする。それも彼女の喜びの一つになっている。

が、今日の清恵は朝から溜息ばかりついている。何とかしなければ。テレビなど見ている場合ではない。その時、画面に大きく、出会いセンターの文字が映った。何の出会いか知らないけれど、テレビでも見て逸《はや》る気持ちを静める以外にはない。大きな音声が六畳の部屋に鳴り響く。こんな時、娘の加奈絵がくると「もう少し、ボリューム下げられないの」と半ば強制的にダウンさせられてしまう。

清恵の虚ろな目がアナウンサーの次の一言で鬼の眼のようになった。

「今日は結婚したい人のために自治体の作った出会いセンターをご紹介したいと思いま

す」

清恵の耳に「結婚」と「出会いセンター」の二つが電撃的に結びついた。何と幸先のよいこと、自分の思いが即、伝わったかのような番組である。彼女は思わず画面に向かって手を合わせた。きっとあの世から亡き夫が引き合わせてくれたに違いない。

男女の出会いを自治体がサポートしているというのだ。清恵は釘づけになっていった。レポーターの言葉が続く。

「こうした出会いのサポートに自治体が乗り出さなければならなくなった背景として次のようなことが考えられます。まず、周囲に昔のようにお節介をやく人が少なくなったことがあげられます」。清恵は声を出し、大きくうなずく。

彼女は娘や親戚、知人にもう数えきれないくらい幸彦の縁談を頼んできた。だが、誰一人として本気で嫁探しをしてくれるものはいなかった。娘などは「自分の相手くらい、自分で見つけなければ」と言い捨てたものの、それでも二、三見合いの相手を紹介してくれたが、いずれも成就しなかった。以後は全く知らぬ顔である。藁《わら》にも縋《すが》りたい思いで清恵が結婚相談所に申し込むと「そんな商売を目的にしている人はお金を巻き上げるのが目的だから、絶対、関わっては駄目だ」と頭ごなしに叱りつけるのだった。

「そんならおまえたちが世話してくれるのか」と清恵が毒突くと「だいたい本人がその気

がないのだから仕方がないでしょ。せっかく世話しても断ったりして。まあ、断られるのは仕方がないとしても、もう断るような身分ではないでしょ、幸彦の歳で」

幸彦の縁談がもとで何度娘と喧嘩をしたことだろう。

「女性の社会進出も原因しているでしょうね」

レポーターはさらに続ける。確かにその通りである。彼女には苦い思い出がある。まだ、幸彦が三十代のはじめのころだった。同じ職場の同僚の女性を清恵に合わせたことがある。清恵は喜び、二人は結婚するものと思っていた。ところが、一年もしないうちに幸彦は彼女のことを口にしなくなった。それとなく聞き糾すと、彼女の方が早く管理職になってしまい、幸彦の方を見向きもしなくなったというのだ。都会の女はこれだから駄目だ、と清恵は立腹したものだった。

「男性に雄々しさがなくなったことも原因しているでしょうね」

清恵は確かにその通りだと思う。幸彦を見ていても幾度はがゆく思ったことか。実際、見合いを前に彼女は、「一押し、二押し、三押し、押しの一手に限る」と口を酸っぱくして言った。断りの返事がきた時も、「はい、そうですか、などと引き下がっていてはあかんのや。姪の婿の武雄さんは三度姪に断られたが、食いついて最後には姪と結婚できたのだから」と身近な武勇伝を聞かせたこともあったが、幸彦には効果がなかった。

「婆っちゃん」などと今だに老母に甘えているようでは嫁もこないわ。憮然として幸彦に対する時もあるが、所詮末息子である。自分の側にも幸彦に対して毅然としたところに欠ける点があるのかもしれないと、時には反省することもある清恵であったのだが。

場面は展開し、男女の出会いの風景が画面に映し出されていった。三十代が一番多く、四十代前半の男性も中にはいた。が、幸彦のように四十代の後半に入った者は一人もいなかった。清恵は溜息をついた。結婚は断念するしかないのだろうか。番号の書かれたカードが一致した男女が出会い成立として拍手で迎えられている。

清恵は男性の顔を凝視した。年は確かに幸彦より若いが、見た感じは我が息子の方がずっと勝れている。幸彦だって身なりをしゃんとすればずっと男前が上がる。あの男を選んだ女があるのなら、幸彦だって当然、選ばれてしかるべきだ。萎《しぼ》んでいた清恵の気持ちがむくむくと膨らみ始めた。それに幸彦には先祖伝来の財産もある。

タイミングよくこのような番組を見たのも神や仏のお告げといえるかもしれない。テレビを見終わった清恵はその足で、姥桜会のメンバーである染子の家に行った。姥桜会とは仲良しの婆さんの会である。七人だった会も今は五人となり、染子は中でも一番若く七十七歳だった。染子もまた四十になる独身の息子を抱えていた。

「お染さん、ちょっと話があるのだけれど」

居間を覗くと、頬を紅潮させた染子の顔がぬっと現れた。炬燵《こたつ》にでも入り、上《のぼ》せたのだろうかと思ったが、彼女の眼はらんらんと輝いている。

「清恵さん、私、今さっきよいテレビを見た」

「私も見たのだわ」

詳細を話さずともうなずくだけで二人は通じた。

清恵は切り出した。

「死出の旅路に向かう前に最後の仕事をしておきたいのやわ」

「国は少子化対策などといい出産手当てだとか、育児休暇の有給化などといっているけれど、それ以前に大切なこと、忘れてる。そうやわねえ、清恵さん」

「そや、私らのような田舎には男村がいっぱいあることを忘れてる」

清恵は染子の言葉に勢いづく。まず一番に染子を訪ねたのは間違いではなかった。打てば響く染子と違って同じ姥桜会のメンバーでもみねや松はこうはいかない。恐らく出会いセンターの始まりから説明しなければならなかっただろう。が、清恵は今回は、その二人にも手を借りるつもりだ。なにしろ、みねと松の声は大きく、迫力があるので町役場に交渉にでかけるとき、都合がよいのである。

「私らの姑さんの時代は産めよ増やせよで、うちの姑さんは十二人もの子沢山。お陰で私ら、小姑を嫁入りさせるのに大変やった。タンスにいっぱい花嫁衣裳を持ってきたのに戦後の物のないころ、小姑に着物を持たせたから、タンスはもう空っぽ」

「聞いてますえ。清恵さんの花嫁衣裳。ずいぶん立派だったと」

「私らの世代がなんで貧乏籤ばかり引かねばなりませんのや。お迎えがくるまでに私らのような男村を何とか再生させたい。幸彦が帰ってくるのは神さまの差し金のような気がしてなりませんのや。ここで何もしないでおればこの村は滅びるのを待つばかりですえ」

清恵はそう言いながら六十軒ある集落の中の独り者を数え出した。両の指が一本、一本折られていく。その指はたちまち足りなくなった。その続きを染子の指が折っていく。

「十五人、ということは四軒の内、一軒は結婚していない男がいるということや。いや、実際には今数えたのは三十代から四十代の男どもだから、二十代を合わせると、男の山やわ。しかもお婆だけの家も少なくないから確率はもっと高くなる」

二人は肩を落とした。が、窪んだ眼から闘志が陽炎のように揺らいでいた。

「もう何も恐いものなどあらしません。役所がなんや、町長がなんや。町長は町民のために働いてくれるのがほんまと違いますか」

清恵と染子はみねと松の家に向かっていた。考えてみれば姥桜会も二人の会員に先立たれてから寄り合う回数も少なくなり、メンバーがそろうのも久しぶりであった。五人のうち一人は認知症となり、施設に入っている。寄ると無意識のうちにいつお迎えがくるのだろう、とか、留子さんのように惚けたらどうしようなどといった消極的な話題ばかりになる。そのため自然と集まりが間遠《まどお》になっていた。

「なあ、お松さん、死ぬ前に置土産をしてやろうではないの」

「私ら婆の心意気を見せてやりましょ。何もゲートボールばかりしているのが老後の生き甲斐ではありませんえ」

清恵と染子が口々に言う。

「私ら、健康のためにゲートボールをしてますのやで。寝たきりになって若いもんに迷惑かけんように思てますの」

松はむっとする。

「勘違いせんといてや。何もゲートボールを非難しているわけではあらしませんの。私らあくまでも姥桜会や。最後の花を桜のようにぱっと咲かせたいのや。この村のために。松さんとこにも四十二歳になる独り身の三郎さんがいはりますやろ」

松も三郎のことを言われると弱い。長男、次男が都会に出たあと、後継ぎとなった三男の三郎にいい嫁をもらってくれ、と亡き夫に遺言されていたからだ。みねだけはそうした心配もなかったが、気のよいみねはそれだけに、清恵たちの悩みを分かとうとしてくれるに違いない。

「善は急げや。私ら明日どうなるかわからん身ですさかいな」

清恵の言葉に皆、神妙な顔をしてうなずく。

清恵の頭の中で昼間見たテレビの出会いセンターの光景がどんどん広がっていった。

すべてのだんどりをつけて清恵が自宅に帰った時には夕闇が色濃くなっていた。桜の老樹が闇の中にシルエットを作っている。「婆っちゃん、家に帰ってもええで」幸彦の声がはっきり耳元でした。息子がいるわけでもないのに周囲に目をやる自分が清恵はおかしかった。

翌日、姥桜会の四人はみねの息子の嫁さんの車で町役場に出向いた。

「町長さんに面会の申し入れがしてありますのか」みねの嫁が言う。

「これは直訴みたいなもんやから、そんな必要はありませんのや」

「けど、不在やったらどうしますの」

「帰ってくるまで待たせてもらいます。頭に鉢巻きでもしてね」

清恵の言葉に姥桜会の面々は手を叩いたが嫁は不安そうな面持ちだった。

清恵を先頭に四人は役所の前に立った。田舎にしてはずいぶん立派な庁舎である。

「こんな建物が建てられるのやから出会いセンターを設置するくらい、お手のもんや。予算がないと追い返されるようなことになったらこの建物を壊してでも作りなはれ、といいますわ。これかて私らの税金で建てたものですさかいにな」

「そや、住民のために税金は使ってもらわんとな」

清恵と染子が勢いをつける。

自動ドアがさっと開き、フロアーを抜けると一斉に皆の目が四人に集中した。流行のオープンスペースとなっているため、各々の課の職員の姿が一目瞭然だった。逆に清恵たちもその姿を皆に曝すことになった。

「なんか、足が自分の足でないような気がしますわ」

みねが小声で言う。

「何いうてますの。南瓜か茄子がいると思たらよろしおます」

清恵はみねの手をそっと握る。

「あのう、町長室は二階ですか」

染子の問いに受け付けの職員が一瞬、怪訝な表情をしたが、清恵を先頭に四人は階段に向かって素早く駆けるように歩いた。後方で「町長は部屋で執務中ですが」という声がした。清恵はにんまりとして三人の顔を見た。

ノックをすると応答があった。清恵の脳裏に町長の顔が浮かんだ。一年前、選挙カーの真前で彼女は町長候補者の顔を穴のあくほど見つめていたので頭髪の生え具合まで覚えている。車体に町政に新風を、と幕が張られていた。清恵はその言葉を思い出し、ほくそ笑んだ。これだ、と思うと身体に力が漲《みなぎ》ってきた。

「皆さん、おそろいでお元気で何よりです」

町長は如才なく挨拶する。

「町長さん、毎日、ごくろうさまでございます。私ら、昨年の選挙では協力させてもらいました」

「それはどうも、ありがとうございます。皆さんのご支援で今日の私があるわけです。私の母のような方々に訪ねられるとは光栄です」

そう言いながらも、町長は何用できたのだろうか、という視線を投げ掛けていた。

「老人会の寄り合いにも参加させて頂いたことがあるのですよ」

町長の言葉に清恵は町の老人会の便りに、町長から予算の増額が約束されたことが載っていたのを思い出した。

「その節にはいろいろご配慮頂き、老人会の者は町長さんに感謝しております」

「ちっぽけな町は財政難で大変ですが、ご老人方にはいつまでも元気でいてもらわなければなりませんからね」

町長はそう言い、さりげなく壁にかかっている時計を見た。

「町長さん、ところで、町政に新風をということでしたが、私らのような小さな集落にはまだ新風が吹いてきておりませんが」

きょとんとした顔の町長に清恵は続けた。

「実は結婚のための出会いセンターを設けて頂きたいのです」

婆たち八つの目が町長との距離をじりじり縮めていく。

「結婚相談所なら私設のものがありますね。自治体がそんなことをすれば営業妨害だと訴えられてしまいますよ」

町長は何と世間知らずな、とでもいうように笑った。

「町長さん、その得体の知れない結婚相談所に何十万円も取られ、挙げ句の果て、出会いをした相手の女はさくら、だったという例がいくつもあるのをご存知ですか。実はうちの息子もその手にやられ、大損をした一人です」

染子は静かに怒りをあらわにした。清恵もその話を聞かされたことがある。騙されたことがわかって事務所に電話をするとその電話は使用されていない、ということだった。

「町長さん、恥ずかしいから黙っていましたが、私も騙された口です。四十になる息子に嫁がこないではご先祖さまに申し訳がない。私らの代で家が絶えたとなるとあの世にいっても合わす顔がないではありませんか」

松の大声が広い町長室に響き渡っていく。

「国も少子化の歯止めをしようと子育て支援策を次々出しているようですが、肝心なことを忘れています。そうじゃありませんか、町長さん。子どもが生まれるには男と女が結婚する必要があります。もっとも今の時代は未婚の母、というのもあるようですが。いったい、国は地方の村の実態を把握しているんでしょうかねえ。それにしてもN県の知事さんは立派だと思いますよ。自治体が出会いセンターを設けたのですからねえ」

「結婚相談所のようなものを即、役所が作れということですね、うーん」

「さすが、町長さん、私らの気持ちをようくわかってくださる。一票、いや知り合いにもお願いしましたから投票した甲斐がありましたわ」

染子もじわじわ攻めていく。

「町長さん、亡くなったうちの姑さんは産めよ、増やせよの時代に十二人産んで文部大臣表彰を受けたそうですよ。その子孫に嫁がこず、家が絶えてしまうとなると、これは私らだけの家の問題でなく、この町はますます人工減で夢も希望もなくなってしまいます。確か町長さん、選挙演説の時、夢と希望を町民の皆さんに与えたいとおっしゃっていましたよねえ」

清恵はにたりとする。町長が再び時計を見た。眉間に皺を寄せ、机の上の書類に目を向ける。

「私らの集落は男村になってしまっているんですよ」

「男村？」

町長は頓狂な声を上げ、清恵を見た。

「正確に申し上げますと、男と婆村です。年のいった未婚の男と婆たちが大半をしめる村ということですよ」

その時、女の職員が入ってきて、区長会が始まる時刻であることを町長に告げた
「お話を承った件、よく考えてみます。しかし、財政難ゆえ、そこのところはお知りおきください」

「私ら、新風を待っています。男村や婆村ばかりでは未来に夢はありませんからね」

「さあ、みんな。町長さん、よろしゅうお願いします」

清恵の合図に一斉に頭が下がり四重唱となった。女性職員があんぐり口を開け、清恵たちを見つめていた。

みねの嫁の車から下り、自宅に戻ると清恵の足はがくがくとなった。その足を引きずりながら仏壇の前まで行き、足を投げ出した。正座することができない分、心を込めて亡き夫とご先祖に報告した。

「最後の御奉公や。なんとしても実現させてみせますえ」

そうつぶやきながら清恵は涙ぐんだ。実際、町長を相手に自分がここまで談判できるとは思ってもみなかったからだ。仏間には舅、姑、夫の生前の写真が額縁に納まっている。いずれ自分も誠治の横に並ぶだろう。

姑しげが微笑んでいる。清恵はしげに向かって笑みを返した。「おまえがもらわなければわしがもらう」と見合いの帰途、息子誠治に宣言した姑である。誠治は機嫌のよいとき、「清恵はお母さんにもらわれたようなものだ」と言って笑わせた。誠治はしげに駅に着くまでに返事をするよう迫られ、ぐずぐずしているとしげがそう言ったのだという。事の真偽はわからないが、その理由は女学校を出て賢そうだったけれど、美人ではなかったからだとの誠治の弁だった。

「あんさんは確かに歌舞伎の女形役者みたいで、女の人にはもてたかもしれませんわなあ」清恵は誠治の遺影を見ながら微笑む。

「しかし、まあ、顔は暮らしているうちにどうでもよくなる。いや、これは誠治の言葉だったか」

清恵は声を立てて笑った。

「まあ、見てておくんなはれ。私、伊達に女学校出たのではあらしません。世のため、人のため、働かせてもらいます。男村も婆村も気色悪いやありませんか」

その夜、清恵はよほど疲れていたのだろう。常なら必ず、夜中に一度か、二度は目が覚めるのだが、朝まで眠り通した。

朝起きると窓辺が白かった。初雪だ。清恵は窓を開け、深呼吸した。これは縁起がよい。深く積もっているわけではないが、一面銀世界である。清恵は雪の日が好きである。そのことを娘の加奈絵に言うと「気がしれないわ。年寄りのくせに、寒いのが好きだなんて」と馬鹿にされる。今の若い者は雪が醸し出す情緒もわからないのかと思うと情けない。

きらきら輝く白銀の世界を眺めているといつしか幻の世界に誘われ、自分が雪女になったような気がしてくる。それになんといっても心が清らかに、静まってくるのだ。誠治と結婚した日もそうした美しい雪の日だった。雪の道を白無垢姿で当時としては珍しい黒塗りのハイヤーに乗って大家族の家に嫁いできたのだ。誠治と結婚して幸せだった。少々気が弱くて頼りないところがあったけれど、優しい人だった。清恵が頼りなさを詰《なじ》ると「長男はちとばかり抜けている方が家の中がうまくいくのだ」ともっともらしい理屈をつけて平然としていた。

「やっぱり、ひとりもんは不自然や。幸彦にも夫婦のよさを味合わせてやりたい」。つぶやく言葉はいつも同じであることに気づき、清恵は苦笑する。

染子が訪ねてきたのはその日の午後だった。

「昨夜、よう冷えると思っていたらやっぱり初雪だったわね。お松さん、寝込んでいたわ。昨日の談判が堪えたのやろか。皆、年をとってしまったものや」

染子は清恵の様子を窺っているようである。

「私は大丈夫ですえ。今もご先祖さんに堅い決意を見せたところやわ」

染子の顔に笑みが浮かぶ。

「もし、仮によ、この村が消えてしまうようなことがあったら、最後まで生きていたもんは何をしていたのや、ということになる」

「そうですわ。私ら、あの世に逝ってから地獄に落ちること間違いなしや」

清恵も染子の様子にほっとした。彼女は清恵の右腕ともいってよい。その右腕が折れたらいかに気丈とはいえ、清恵も意気を削がれることは必至である。いや、たとえ一人になっても私は町長と談判しますえ。

「清恵さん、急に恐い顔してどないしはりましたん」

「いや、出会いセンターが出来るまでは死なれん思いましてな」

「そや、お松さんにもそない言わなくては」

「あの人は神経痛持ちやからよけい体に障りましたのやろ。あとでホカロンやリンゴを持って見舞いに行ってきますわ」

清恵はそう言いながら染子にも長男から送ってきたリンゴをお裾分けした。そして家訓を破ったつけが今、巡ってきたのかもしれないと思った。

誠治は長男であったために上級学校を出たが、都会に出ることなく、地元で公務員になった。ところが、息子の一政に対しては時代が違うのだからと、誠治は地元に留まることに固執しなかった。清恵はその時、隣町の高校の先生になってくれればよいのに、と思ったが、末息子がいることもあり、安易に考えていたのである。

染子と相談の末、二日後、再び役所に行くことにした。彼女が帰った後、清恵は仏壇に線香を立てた。「ご先祖さま、お父さん、どうか幸彦を守ってやってくださいまし。町長さんが出会いセンターを作ってくれますように」

清恵はつぶやきながら何度も頭を下げた。

ガラス越しに桜の老樹が四方に真っ白い雪花をつけているのが目に入ってきた。五つの枝が撓《たわ》み、ときおり周囲を震わせ、銀の粉を振り撒く。清恵は枝々に向かってつぶやく。「一政、泰子、妙子、加奈絵、幸彦」。誠治が生まれた順に桜の枝につけた子どもの名だった。本当は六本の大きな枝振りの樹木だったが、一本枯れてしまっていた。その枯れた枝は赤ん坊の時亡くなった優であった。

考えてみれば誠治は昔の人間であったから感情を表現することは下手であったが、桜の枝に我が子の名をつけるかわいいところのあった人なのだ。亡くなってしまうと良いところばかりが思い出されるのか、清恵は生前より、誠治が愛しく思える時がある。もしかするとお迎えが近いのだろうか。

彼女は慌てて打ち消した。

「お爺さん、まだあきまへんえ。そちらには逝かれしません。私には大仕事が残ってますのや」

清恵は雪を被った桜の大木を見つめながら、悠長にはしていられない、週末には幸彦が帰ってくる。それまでに二階を片付けて置かなくてはならん、と立ち上がった。隣町の加奈絵が片付けにきてあげると言っていたが、すべておまかせしてしまってはかえってどこに何があるかわからなくなってしまう。なんといっても私はまだ現役の主婦なんだから。

清恵は深呼吸すると階段をゆっくり上がって行った。

二度目に役所を訪ねた時は町長は不在だった。居留守を使われたか、と疑ったが、合併問題で隣町に出張中とのことだった。清恵たちは仕方なく、一階の住民生活課の課長に面会した。階段を下りて一番近くの課であったからだ。

「出会いセンターの件でお見えになったのですね」

町長から何らかの形で話は通じていたようだ。清恵たちが案内されてロビーのソファに座るとどこからか「例の、男村のお婆さんたちよ」というひそひそ声が聞こえてきた。耳の遠くなった身だが、こうした類の声はしっかりと聞こえるのだから実に不思議である。

「ま、お茶でもいっぱい飲んで帰ってください。町長の留守に我々もめったなことも言えませんので」

清恵は課長をからかってやりたくなった。

「課長さん、奥さんいはりますか」

にこにこしながらうなずく課長に彼女は続ける。

「当然、子どもさんもいはりますわな」

「はあ、まあ」

「幸せそうですわね」

「はあ、まあ」

「幸せは分け与えるもんですわな」

「はあ、まあ」

「それなら決まり。課長さんは出会いセンターの設置に協力してくれはりますなあ」

「はあ、まあ、はあきません。協力させてもらいます、と言うとくれやす」

そばから染子が駄目押しをした。

「ああ、もうお婆ちゃんたちには負けました。町長が帰ってきたら伝えましょう」

「伝えるだけではあきまへん。私が率先してそのプロジェクトをやらせてもらいます、と言うとくれやす」

清恵は胸を張って言う。プロジェクトなどという難しい言葉が造作なく飛び出すのも日頃のテレビの教養番組の成果であった。

待ちに待った週末がやってきた。隣町に住む加奈絵も朝からきている。もっともこの末娘は独り住まいの老母が心配だからと週に二度は顔を見せるのだったが。

「ああ、これで私の役目も終わるわ。幸彦は大変だろうけれど」

清恵は娘の言葉にふん、とする。私の役目ですって。いったいどんな役目でしたか、と問い返したいところだが、確かに世話になっていることは事実である。月二回の眼医者通いと折々の買物。さか睫《まつげ》が伸びると目が開けていられないほど痛いのだ。「年をとると余分なものが生えるのね。眼球は老化しているのにね」本当のことだが、娘にずばりと言われると清恵はおもしろくない。「認知症になるよりましだよ」。「それもそうね」娘はけろっとして言う。遠慮のない言葉を互いにぽんぽん交わし、喧嘩も度々してきた。「もう、こないから」と言い捨てて帰っても必ず、加奈絵は次の週も顔を出すのである。

「私の血圧もこれで少しは下がるかしら」

加奈絵がニタリとして言う。

「さあ、どうだろうね。おまえは元々、イラチだから」

今度は加奈絵が膨れる番である。

外で車の止まる音がした。たいした荷物があるわけではないが、一応、小型トラックを頼むと幸彦は言っていた。

「婆っちゃん、帰ったぞ」

清恵は途端ににこにこ顔になり、廊下を小走りに出ていった。

「走っては駄目よ。転んで骨でも折ったらどうするの」

加奈絵の言葉など耳になく、幸彦の声だけが清恵の耳の中で幸せな響きをそよがせていた。

天《あま》の衣山《きぬやま》

清恵はぼんやり天の衣山を見つめていた。

今年は春の訪れが早い。例年なら衣山はまだ紫雲色に煙っているのだが、淡い緑をひと刷毛《はけ》したような山には早くも白っぽい花模様がぽっぽと浮き出ている。

山桜が咲き始めたというのに役所からは何も連絡がない。昨年の町長に突きつけた陳情書はいったいどうなっているのか。清恵は苛立ちの募る気持ちを鎮めかねていた。年寄りの世迷い言としてそのうち忘れてしまうだろうと思ってでもいるのだろうか。

そうはさせぬぞ。清恵は両の手に力を込め、歯軋りした。その拍子に上歯の入歯が外れた。この役立たずめ。彼女は上部の入歯をそっくり外し、手の平に載せ、睨みつけた。隣町に住む娘が歯なしは体にもよくないからとむりやり歯医者に連れて行き、入歯を入れさせたが、具合が悪くて仕方がない。「下の歯がしっかりしているから、上歯は無くても歯茎で物は噛める」と抵抗してみたが、加奈江は親を歯なしでいさせることがまるで親不孝でもあるかのように言うのだった。

一つ思わしくないことがあると次々不愉快な出来事が思い出されてくる。これも年をとった証拠だろうか、と思うと情けなくなってくる。が、「出会いセンター」が設立されるまでは絶対あの世へ逝くことはできない。それに関しては染子をはじめ、みねや松たち、一緒に陳情に行った婆連中とも堅く約束してある。「出会いセンター設立へ」、老女力発揮。

と町役場に陳情にいった当初は新聞各社も報道したものだった。

新聞社も所詮、その場限りのもんや。清恵はその新聞記事を仏壇に供えていたが、そのうち埃がたまり、掃除のついでに加奈江に捨てられてしまったのか、今は見当たらない。「出会いセンター」の設立がいつまでも進展しないのは大切な記事を捨てた罰が当たったのだろうか。今度は捨てた加奈江が憎らしくなってきた。

いやいやこんなふうではいけない。ほんまもんの鬼婆になってしまう。清恵は我が心に言い聞かせ、背筋を伸ばし再び、天の衣山を眺めた。新婚のころ、夫の誠治が「天女が水浴びした泉へ連れていってやろう」と弁当持ちで出かけたことがある。芝刈りは名目で、大家族の中で暮らす清恵に一息つかせてやりたいという配慮であったのだろう。

あんたは大酒飲みやったけど優しい人やったなあ。独り言ちながら泉がある山の頂近くを清恵は見つめる。いつからあの山に登っていなかっただろう。記憶をなぞる清恵の脳裏に誠治の顔が浮かんできた。

そや、これから天の衣山に登ってみましょ。高い山やあらしません。若い時でもここから一時間かからなかったように思う。もしかしたらお爺さんが呼んでいなさるのかもしれん。あの時のようにおにぎり作って、お茶持って、おやつ持って。俄然、力が出てきた清恵は家に入ると炊飯器の残りのご飯をすべて握った。中には当然、手製の梅干しが入っている。そういえば初めての天の衣山登りも梅干しおにぎりだった。姑さんが作った梅干しを壷から遠慮がちに出したのを覚えている。

清恵は押入れから幸彦が使っていたナップサックを取り出した。荷物を入れて準備完了。孫が置き忘れていった水筒を肩にかけ、散歩用のウォーキングシューズをはく。鼻歌がひとりでに口を突いて出る。玄関の鍵を閉めようとして清恵は慌てて靴を脱ぎ、仏壇に向かった。ご先祖さんへの挨拶を忘れていたのだ。どこかへ出かける時、彼女は必ず、ご先祖に向かって手を合わせる。そんな清恵の姿を見ると加奈江はいつも笑う。

今度こそ、出発である。鍵を閉めたかどうかもう一度確かめる。田舎といえども安心できない昨今なのだ。老人を狙った物取りや詐欺、清恵は町内の回覧をつぶさに読み、出かける前のチェック事項を口の中でもごもご繰り返した。

ほどなく山の麓に到着した。この近くにお蔦婆さんの家があったはずだが、と周囲を見渡す。十年ばかり前、息子の住む都会に引き取られ、以来、無住となっていた。が、その家が見当たらない。清恵は目を擦《こす》り、萎《しぼ》んだ目を思い切り見開く。家が毀《こわ》されたという噂を耳にしたこともなかった。

しばらくしておい繁った樹木の合間に屋根らしき物が目に映った。その方向に向かって歩いて行くと紛れもなくお蔦婆さんの萱葺きの屋根が現れた。屋根といってももはや屋根ではない。萱の上に木の実が落ち、いつのまにか屋根は山に同化してしまっているのだった。

「なんまいだ、なんまいだ」

清恵は思わず手を合わせた。

「ご先祖さまが泣いてござる」

彼女は我が男村の未来を見せつけられた思いで涙が溢れてきた。

山から帰ったら町長のところへ談判に行こう。「出会いセンター」が出来上がるまでは絶対あの世へ逝ってなるものか。お爺さんにもそれまでは迎えにこないようお願いしておかなければならん。清恵の頭の中には早くも染子を訪ね、今後の策を考える手筈が整えられていった。

三〇〇メートルそこそこの天の衣山だが、さすがに上りは厳しい。荒々しい息遣いが伴奏のように耳に伝わってくる。しかし、山の木の芽が萌えだす香しさは苦しさを緩和させてくれる。清恵はたびたび休憩しながら中腹近くまで辿り着いた。ここまでくると男村の半分くらいが見渡せるはずであった。

「あんた、きましたえ。私の足もまだまだ大丈夫」。この辺りで休憩し、誠治が天女の話をしてくれたのを思い出す。眼下を見ると樹木が繁ったためか、山の手入れが行き届いていないのか、男村の家々はほんの一部しか見えない。

「足は大丈夫か」。町育ちの清恵を気遣い、誠治は自分の家が眼下のどの辺りか教えてくれた。「大きなお寺の屋根のような家や」。

清恵にもすぐわかった。その昔のままのお寺のような屋根を捜すが見当たらない。

「もう二十分ほど歩くと頂に着く。そこの泉はな、どういうわけか昔から涸れもせずこんこんと湧き出ている。天女が水浴びをした泉じゃから天の神さまの思召しなのだろう。むかし、ひい婆さんがよく話してくれた話やがの、うちのご先祖さんが登場してくるのや」

誠治はそう言い、興味をそそるような眼を清恵に向け、彼女が大きくうなずくと語り始めたのである。

「老いた母と暮らしていた吾作どんがある日、天の衣山に柴刈りにでかけたんや。山に入ると一日戻ってこない。おっかあがこさえた握り飯を腰に結びつけ、枯れ枝を集め、余分な木を伐採し、一心に薪を作っていた。春のうちにこの仕事をするのが今もこの辺りの習わしだがの。そろそろ昼にしようと泉の方に歩いて行くと、なんと、美しい女人たちが水浴びをしているではないか。おしゃべりに夢中になっている女人たちは吾作が近づいてきたことに少しも気づいていない。吾作はあまりの美しさにあんぐり口を開けて女たちに見惚れていたという。そのうちよこしまな心が生じてきた。あの中の誰でもよい、自分の嫁にしたい。そう思うと吾作は居ても立ってもいられなくなってきた。女人たちが脱いだ衣がどこかに置いてあるに違いない。吾作はそっと周囲を見回し捜し始めた。抜き足、差し足、忍び足。吾作は身を縮め、泉の周りを歩き出した。それにしても女たちは何がそんなにおもしろいのだろう。鈴のような笑い声が周囲に木霊していく。このような女を妻に迎えれば自分は一生楽しくこの世を送ることができるだろう。あった、あったぞ。吾作は思わず声を出しそうになり、慌てて両の手で口を塞いだ。くろもじの木の下のツツジの上にふんわりと衣が掛けられていたのだった。それはもう花が咲き乱れたかのような按配であった。吾作はそのうちの一枚を手に取り、柴のことなど忘れてしまい、一目散に山を下りた。その夜、吾作の家に若い女が訪ねてきた。嫁にして欲しいというのだ」

誠治はそこまで一気に話すと笑った。

「こんな話、清恵も信じないだろ。ところが、わがご先祖さまは堅く信じ、我が家の先祖は天女だ、などとまことしやかに語ってきたらしい。要するに吾作どんは天女を騙してむりやり嫁にしてしまったということだ」

「天女の衣は今も残っていますの」

誠治に訊ねると、彼は自信たっぷりに答えたのである。

「ありますよ、我が家の家宝。縁の下の真ん中の土台の下に埋めてあるということだ」

「あんさん、見はりましたの」

誠治は首を振り、小声でつぶやいた。

「絶対箱を開けてはならない、というのが代々受け継がれてきた家訓ということだ」

清恵はお腹を抱えて笑った。

「しかし、我が家ではずっと信じられてきたのだぞ」

誠治は怒ったような声で言ったのだった。

子どもたちが生まれてから清恵はこの天女の話を聞かせたのだったが、誰ひとり、本当にする者はいなかった。加奈江などには「お母さん、孫たちにそんな話をするとお婆ちゃんがとうとう認知症になったと悲しむから話しては駄目よ」と釘をさされる始末だった。

ああ、よい天気や。清恵の眼裏にはまだ若き日の誠治が留まっている。

「あんたお願いします。幸彦のお嫁さん、天女のような美しい人でなくてもよろし。丈夫で気立てのよい人でさえあれば」

そういって、清恵はくっくと笑った。誠治は見合いの帰路、返事を母親から催促され、清恵が美人でなかったのでしぶっていたという後日談を思い出したからである。
六十七、八年前のことなのに誠治から聞いた天女の話がまるで昨日のことのように思える。一息つくと清恵は再び登り道に向かった。

なむ神さま、どうかにょろにょろさんが出ませんように。町の人間から田舎の住人になって長の年月が経つというのに清恵にも今だに馴染めないものがある。あの時も行く手に長々と横たわるものを見て悲鳴を上げたものだった。そんな清恵を見て、誠治が笑いながら

「町ではみかけないだろうが、こちらでは猫や犬みたいなものだからせいぜいかわいがってやってや」

と言うのだった。確かに彼の言った通り、屋敷には年中出没し、田圃や畑に出ると必ず挨拶にやってきた。恐いもの知らずの清恵にとって唯一恐いのが、にょろにょろへびだった。

遠方から見ると白っぽく見えた山桜も近づいて見るとほんのり桃色に色付き、仄《ほの》かな香りさえ、漂わせている。登り道に枝を突き出した山桜の枝に鼻を近づけ、深呼吸した。あと何年、こうして生きとし生けるものの生の証を楽しむことができるだろうか。そんな思いが頭を掠《かす》めていく。

頂上に近づくにつれて見晴らしがよくなってきた。お寺のような大屋根の我が家も確認できた。男村よ、早く汚名を放棄すべし。清恵は天空を睨みつけ、最後の登り坂に向かった。足も思ったほど萎《な》えてはいない。まだまだ、まだまだ。口ずさみながら登って行く。無意

ていない。

識のうちにまだまだ自分は大丈夫、といった思いが鼻歌となっていることに彼女は気づい

一人で天の衣山に登ったなどといえば加奈江が仰天し、甲高い声で叱りつけるに違いな

い。娘には黙っているつもりだが、そんな光景を想像すると清恵は愉快でならない。すぐ

に年寄り扱いしなさんな。私はまだこんなに体力も残っていますのえ、と舌を出して言っ

てやりたい。そうはいうものの、心臓が波打っているのは隠しようがない。清恵は胸に手

をやり、その乱打ぶりに少々恐くなる。

なんのその、なんのその。彼女は心臓に挑戦するかのように声を大にする。が、その声

も途切れ途切れになり、ついには肩で大きく息をして黙り込んでしまった。年寄りの冷や

水か、清恵はつぶやき、苦笑するのだった。

「着いた」。登り道が途絶え、平坦な場が現れると彼女は声と同時にへなへなと座り込ん

でしまった。頂にあるはずの泉が見えない。雑木が繁り、殺風景な頂上に変わってしまっ

ているのだ。確か、以前は雑木などなく、泉が天から降ってきたように頂を一幅の絵に仕

立てていた。

清恵は泉を捜そうと立ち上がった。うっかり足を踏み外し、泉にはまってはまずいとそ

ろりそろり歩く。その清恵の眼に水のきらめきが入ってきた。「泉があった」。温かいもの

がゆるゆると広がり、泉が幻のようにぼやけていく。懐かしさで胸がいっぱいになった。清恵が眼を拭い、水の面に向かって近づこうとした時である。何者かが水面から出てきたのである。彼女は目をしばたたき、動くものに目を凝らした。まさか、天女が…。清恵の瞳の中でその正体はしだいに露《あらわ》になってきた。こんなところに人間が。しかも相手は紛れもなく女人だった。

女はすばやくジーンズをはいたようだったが、上半身は裸体であった。清恵は突っ立ったまま女の高く盛り上がった乳房を見た。さんさんと輝く太陽の下で、すくっと立つ女のはち切れそうな乳房はまさしく生身の女のものだった。上半身を太陽に曝《さら》しているところを見ると清恵の存在にはまだ気づいていないのかもしれない。

彼女は躊躇《とまど》った。天女でも化物でもないとわかった今、それなりの言葉をかけなければならない。ええい、まどろこしい。

「ちょっくらごめんやして」

考えるより先に清恵は雑木の中から飛び出していた。

女の悲鳴が山々に木霊していく。目を真丸にして胸を両腕で覆った女は突っ立ったまま何も言えないでいた。こちらだって仰天したのだからおあいこだよ。が、相手は若い女、年の功からいっても貫禄を示さなければならない。清恵は鷹揚に微笑んだ。

「お婆さん、お婆さんですよね。まさか山姥ではありませんよね」

女はようやく口をきいた。

「はよう、服を身につけなされ」

慌ててブラジャーとTシャツをつけた女は清恵の顔をまじまじと見た。

「どうしてこのような所へ」

それはこちらが知りたいところだ。女はなおも不審な様子で見つめている。

「この里の者や」

清恵は憮然として言った。おまえさんこそ、何者なのだ。まさかここまできて自殺しようなどと妙な考えを抱いているのではないだろうな。ここは神聖な泉や。女は清恵の表情を見て取ったのか、ぺこりとお辞儀をして地面に置かれた袋の中から四角い紙片を取り出し清恵に渡した。

「驚かせて申し訳ありません。決して怪しい者ではありません」

清恵は名刺を見たが、何やら小さな字でこちゃこちゃと印刷されており、読めない。右手を伸ばし、細目をするとなんとか名前だけは判読できた。片桐さえ、と記されていた。

「私、大学で民話を研究しているのです。羽衣伝説の伝承の地をあちこち訪ねているのですが、天女が水浴びをしたというここの泉はまだ健在なのですねえ。澄んだ泉を見つめていると天女のような気持ちになってしまい、ひと浴びしてしまいました。何だか、天の水に清められたような清々しい気持ちです」

若い女が感動しているのは目を見ればわかった。彼女は本当に天女になった気分でいるのか、先ほどと違って清恵を見つめる眼もうっとりと夢見るようだ。あんなに驚いていたのに変わり身の早い女だ。いっそのこと山姥だと言ってやればよかったと、清恵は悪戯っぽく女を眺めた。

「私、山姥伝説も研究しているのです。それで、あんなことを言ってしまい、申し訳ありません」

ますます失礼な言い草の女だと思うが、確かにこの場所でこの風体では山姥に間違えられても仕方がない。

「あんた、いくつにおなりや」

「三十と少しです」

「そうか」

清恵は黙った。が、頭はめまぐるしく回転していた。

「麓の集落に天女の祖先と伝えられるお家があると聞きましたが」

清恵の顔は俄然輝きだした。

「何を隠そう、我が坂田家こそ、天女の祖先の家ですぞ」

威厳たっぷりに清恵は告げる。さえという女は感服したような表情で清恵の手を取り、

「何という幸運でしょ」と涙ぐまんばかりであった。

「坂田さんはだからこの泉においでだったのですか」

清恵はうなずく。

さえは手早く身仕度すると、清恵の家が見たいと言った。すべてが目論み通りに進むことに清恵は最近感じたことのない満足感を覚えた。

「坂田さん、登り道より下山の方が危険ですからね。気をつけてくださいね」

さえは清恵の手を取り、下り始めた。若い女のやわやわとした感触が心地よい。都会もんのあんたより私の方が山のことはよく知っているよ、と言いたいところだが、清恵は身をさえにまかせた。

「ああ、なんて幸運なんでしょ。天女の祖先の方に出会えるなんて」

「さえさんは研究熱心なんやね」

「早く論文をまとめて、一人前にならないと結婚もできませんもの」

「そうか、そうか。私の知っていることなんでも話してあげますえ」

清恵はうれしくてならない。もしかするとさえは誠治が遣わした天女かもしれない。天

の衣山に登ろうと思ったのもご先祖さまの思召しであったのかもしれない。

「坂田さん、お疲れではありませんか。少し、息が荒いようですが」

「そんなことはあらしません。若い頃はこんな山など走って登ったもんや」

さえは玉を転がしたような笑いを辺りに響かせた。嘘ではない。本当に走って登ったこともあった。

「ところでおいくつですか」

「八十七や」

さえはびっくりして立ち止まった。それから顔を顰《しか》め、いけない、いけないと言ったかと思うと、清恵を一気におんぶしてしまったのである。否も応もない。

「坂田さん、私、山登りが好きで、六十キロくらいの荷物を担ぎ何日も日本アルプスを縦走したことがあるのですよ。ですから遠慮なさらないでください」

清恵はさえの背にもたれ、とんだ天女だと思った。が、うれしくてならない。実の娘たちがこんなふうに枯れ枝のようになった自分を背負ってくれたことがあるだろうか。一度だってない。ただ幸彦だけはおんぶしてくれたことがある。神社の石段を休み、休み上る老母をみかねて、「婆っちゃん、ほれ、ここへ」と照れ気味に言ったのだった。さえさんと幸彦。清恵は心の奥底でつぶやき、にんまりした。

「さえさん、私、なんだか姥捨山に連れられていきそうや」

「やだ、坂田さん」

さえが大きな声で笑う。本当は清恵はまったく正反対の気持ちでいたのである。

「ああ、気持ち良い。このまま眠ってしまいそうや」

「どうぞ眠ってください。麓までもう少しですから」

清恵は本当に眠ってしまいそうだった。願わくばこのような安らかなままあの世まで。

いやいや、とんでもない。自分にはまだ大切な仕事が残されている。そのうち、清恵の愛らしい鼾《いびき》が鶯のさえずりに同化されていった。


「坂田さん、坂田さん」

優しい声が木霊する。夢見心地の清恵はぶるっと体を震わせた。自分は誰の背にいるのだろう。ぼんやりとそんなことを思うがすぐには記憶が甦らない。

「麓に着きましたよ」

女がにっこり笑う。そうだ、さえさんにおんぶしてもらっていたのだ。

「もう日暮れかね」

「あら、やだ。坂田さんあれから十五分くらいしか経っていませんよ」

そんなはずはない。ずいぶん時が経ったような気がする。

「おひさまはまだあんなところですよ」

清恵は眩しそうに空を見上げた。確かにおてんとさまは少し傾いた程度だ。

「すっかり甘えてしまったね」

清恵の脳裏にようやくさえとの出会いが浮かび上がってきた。

「さあ、私の家へおいでなされ。この村の端までひとっ走り」

そう言い、清恵はすたこら歩き出した。

「あっ、待ってください。早いなあ、おいてきぼりにされそう」

さえの声を小気味よく耳にしながら清恵は歩く。自分でも不思議なくらいしっかりとした足取りである。

「坂田さん、早いですね」

さえが横に並び息を弾ませている。さえは自分を背負ってくれた分、疲れているのだろう。

染子の家の屋根が見えてきた。染子が庭に出ていますように。清恵は密かに願った。若い娘を連れた清恵を見て染子はどんな顔をするだろう。

村を二分するように貫く一本道は、村人の目にとまりやすい。染子でなくてもよい、誰かが声をかけてくれれば。だが、清恵の思惑は外れ、染子はむろん、誰も通りを歩いていなかった。

「静かですね」

さえは言う。男村だからね、と言おうとして清恵は口をつぐんだ。その時である。彼女を呼ぶ声が後方から聞こえてきたのだった。振り向くとお松が小走りで近づいてくる。清恵が立ち止まったからか、お松はゆっくりとした足取りになった。

「お久しぶり」

お松はさえをじっと見た後、清恵を見つめた。彼女の顔は明らかにさえが何者であるかを問うている。

「さえさんと天の衣山に登ってましたのや」

清恵の答えは答えになっていない。それは百も承知である。心中に黒雲が走った。ふふん、という気持ちが沸き起こってきた。この娘さんはね、幸彦の嫁になる人ですねん、清恵は言いたかった。またあの人は幸彦さんの婚約者かしらね、とほんのいっときでも思わせたかった。

お松さん、ごめんなさいや。ほんの少し、私に夢を見させてちょうだい。男村の婆なら、この気持ちおわかりですやろ。心の中でつぶやく清恵だったが、お松の視線が背に突き刺さり、妙な具合であった。

「わあっ、大きなお家。さすが天女の子孫のお家柄ですね」

「広いだけが取り柄の家ですわ。さあ、仏間においでなされ。吾作爺さんの位牌をお見せしましょ」

古くて戒名の読めなくなった位牌を一番奥から取り出すと清恵はさえの前に置いた。

「いつごろのものかわからしません」

「それだけ古いということなのでしょうね」

さえは感心する。だが、子らの誰もそれが初代吾作爺さんのものだとは思っていない。だいたい伝説などというものを端《はな》から信用していないのだ。

「前にもどこかの大学の先生が伝承を研究しているとかいっておいでになったことがありますのや」

さえは身を乗り出して居並ぶたくさんの位牌を手にとっては熱心に見つめている。

「坂田さんの亡きご主人も吾作というお名前だったのですか」

「いいえ、誠治ですよ」

清恵は大きく首を振る。誠治の語ったところによると、いつからか吾作の名はすたれてしまったらしい。子らはまやかしがわかったからではないか、と言うがなぜそうなったのかはわからない。

「お爺さんが生きていなされば詳しいことがわかったのに申し訳ありませんな」

「いえいえ、民話とか、伝承文学というものはそもそも漠然として虚実の混合したものなんです。私はあの古びた初代の吾作さんの位牌にお目にかかれただけで幸せです。それにまさかと思った天の衣山に泉が今もあり、私は天女になって水浴びしたのですからね」

清恵は手を叩き、さえさんは天女や、正真正銘の天女やと上機嫌になっていった。そして密かに出張中の幸彦が今宵、旅先から帰ってくることを願った。

彼女はさえに帰りの列車がないからと一夜の宿をすすめた。

「山姥の宿ではないですよね」

さえは笑いながら言う。そしていや、山姥に出会って見たいとも。

「山姥はここにござるぞ」

清恵は髪をざんばらにし、口裂け女の格好をして見せる。老若の笑いが煤けた天井まで弾き返っていく。

清恵は腕によりをかけてさえをもてなした。ありもしない天女寿司を作り、坂田家先祖伝来のご馳走だといい、仏壇にも供えた。さえは喜び、これで立派な論文がかけるだろうと言った。

その夜のことである。さえは清恵が知る限りの天女についての話を書き留めると、疲れたのか仏間の隣の部屋で布団に入ったかと思うや軽やかな寝息をたてはじめた。清恵は眠られないまま、仏間の誠治の遺影に語りかけた。

「お爺さん、天女の寿司やなんて嘘いうてしまいましてん。ご先祖さん、許してくれはるやろか。そやけど、坂田家伝来の寿司には違いありませんわな」

誠治は笑顔で清恵を見つめている。

「今日の寿司の出来具合はどないです」

彼女は誠治と語らっているうちに湿っぽくなっていった。天の衣山に登ったのは天女に会うためではなかった。誠治の優しさに触れたかったことに気づいたからである。

町の人間であった清恵が田舎の大家族に同化するのは並大抵ではなかった。伝統料理ひとつ覚えることから始めなければならなかった。

春祭りや秋祭り。盆や正月には客の分も含めて四十人分の料理を早朝から作った。行事が終わったころ、あるいは清恵の心身が疲労困憊《こんぱい》していると察した誠治は山行きと称して天の衣山に連れ出したのだった。

「私はわかっておりましたえ。薪取りは口実。山行きは私ら若夫婦の、今でいうリフレッシュでしたわな。泉で水浴びして何の気兼ねもなく愛し合う。この私にもあの夢のような時がありましたのや」

清恵は目を潤ませる。春の若葉が醸し出すえもいわれぬ芳香。初めての子はその中で生の息吹を得たのだと思っている。山の鋭気が心身をみずみずしくさせ、若い二人を堅く深く結びつけた。清恵は今も泉の畔でのめくるめくような感覚を忘れていない。肉のそがれた体の芯が熱っぽく甦る。

誠治の遺影を見つめているうちに清恵は声をたてて泣きだした。おいおい泣くなどかつてなかったことだ。古時計が真夜中の一時を告げても清恵の泣き声は尾を引いていた。

婆さまとゆきべぇ

清恵は先ほどから痛む右足を引きずりながら家の前の道を行きつ戻りつしている。心待ちにしている赤い車がいっこうに現れないのだ。国道から一直線に集落に入る道はさえぎるものがなく、赤い点のようなものでも直ちに目に入ってくるのだったが。

九時、十時、十一時、と彼女は指で再び数えてみた。中間地点のドライブインから万理が電話をかけてきてからかれこれ三時間になろうとしている。何事もなければよいが…。胸の高鳴りが清恵の耳を脅かし始めていた。

その時、赤いものが目の端に入ってきた。清恵の顔は途端に緩み、つんのめるように歩き出した。久しぶりに見る万理、清恵の二番目の孫娘である。さらに彼女を一段と落ち着きなくさせているのは孫娘のかたわらに異国の青年が乗っているからである。

「万理が婚約者を連れて帰ってきたの」

数日前、長女の泰子がこともなげに電話でそう告げたのだった。えっ、えっ。彼女は何度か聞きただした。聞こえていたのだが、事の真実が清恵には即座に飲み込めなかったのである。泰子は昔から驚くようなことでも水を流すように言う子であったが、よくもまあ、あんな大切なことを平気で口にできるものだと、彼女はあきれて二の句が告げなかった。

青い目の婿さんが今にも現れようとしている。清恵は車に向かって無意識のうちに小走りになっていた。万理が窓から手を振っている。車はゆっくり近づいてくる。清恵は小さくなった眼の奥にしっかりと異国の男の顔を捉えた。男は笑っている。彼女は咄嗟に口にした。「グーテン・ターク」

「まあ、お婆ちゃん」。孫の驚きの声に続いて男の「グーテン・ターク」が続いた。男はそれから「こんにちわ」とにこにこしながら言った。

清恵は俄然、張り切り出した。泰子への不満はどこへいってしまったのか、異国の男をたちまち長年の知り合いのように受け入れているのだった。

「ああ、よかった。お婆ちゃん、きっとびっくりすると思っていたの。ねえ、トーマス」

男は意を知ってか知らずかうなずいている。

清恵は車から降りてくる異国の男を迎えようと背筋をぴんとさせた。それから男の顔をのけぞるようにして眺めた彼女は「なんとまあ、大男か」とつぶやいた。すかさず耳にした孫娘が、

「トーマスは一九〇センチあるのよ」と言う。

万理のかたわらで微笑んでばかりいる青い目の婿殿は恐らく日本の言葉は話せないに違いない。清恵は手招きをして家に招じ入れた。いつのまにか彼女はハイカラな人間のような気分になっていた。

「お婆ちゃん、トーマスがお婆ちゃんのドイツ語にびっくりしたって」

「女学校でほんの少し習ったことがあるんだよ。私が女学生の頃はドイツと日本、イタリアは三国同盟を結んでいてね、親戚だった。とくに、ドイツと日本は特別な関係だったからね。日本の将校さんがやってきて、グーテン・ターク、ダンケシェーンを教えてくれたんだ」

清恵はしだいに女学生のような気分になっていった。万理がトーマスになにやら話している。清恵は二人のやりとりを瞬きもせず見つめている。それにしてもドイツの言葉がよくもまあすらすら出てくるものだ。

「お婆ちゃん、トーマスが凄いお婆ちゃんだって」

「ダンケシェーン」

清恵は手を差し出したトーマスと握手する。こうなった以上は日本の田舎の頭の古いお婆などといった悪印象をどんなことがあっても見せてはならない。清恵のハイ・トーンが心中から蠢《うごめ》き出していた。

「私、女学校の時、おてんば娘で通っていてね。学校の二階の階段の手すりから一階まですうっと滑りおりたりしたの」

万理が通訳するのを横目に清恵はいっそう饒舌になっていく。

「お婆ちゃん、ほかにはどんなドイツ語を知っているの」

清恵は一瞬、首を傾げた。が、次の瞬間、

「遠い、遠い昔のこと。もう忘れてしまった」

万理とトーマスは手を叩き笑い転げた。清恵は不愉快になったが、すかさず、切り返した。

「ところでトーマスの日本語はどうなの」

「参った、参った。お婆ちゃんにはかなわない」

彼女はにんまりしてトーマスを見る。彼は万理から日本語を教えてもらうらしいが、あまり本腰を入れないのだそうだ。頭をかくトーマスに清恵は言った。

「日本語が話せるようにならないと万理をお嫁にあげない」

早口で通訳する万理と清恵に向かって困った顔をしながら彼は手を合わせる。

「おまえさん、日本の言葉は話せなくても神さまは知っているのだね。よしわかった。神さまに免じて許すとしよう」

トーマスはダンケシェーンを連発し、清恵もそれに応えた。

「ダンケシェーンの二重唱を聞かせられるはめになろうとはね」

万理が肩をすくめ、両の手を上げた。

孫娘が留学してから八年近くになるだろうか。その間、数回、帰国したが、仕事に就いてからは休暇で日本に帰ってきても清恵を訪ねることはなかった。

その夜、幸彦の帰宅を待って歓迎の宴となった。幸彦は三か月前から清江の元から会社に通うようになっていた。

「ゆきべえ、ただいま。こちらトーマス」

臆する幸彦にトーマスの方から手を出し、握手を求めた。そんな様子を見ながら清恵は心の中で舌打ちをする。ああ、なんてこった。これだからこの子は嫁もこないのだ。姪に先を越されてしまったではないか。

心持ち上気した幸彦が遅ればせながら笑み返す。

「ゆきべえ、こんにちは」

たどたどしいトーマスの言葉に、幸彦はきょとんとする。ゆきべえとは姪や甥たちが彼を呼ぶ愛称なのだったが、異国の男の口からいきなり飛び出し、いっそう面喰ったようだ。

「おっ、ごちそうだな。いつもの婆っちゃん料理と違うじゃないか」

「今宵は私がドイツ料理を作らせていただきました」

恭《うやうや》しく万理は言う。

「ドイツビールで乾杯といきましょう」

「プロースト」

清恵はすかさず、ドイツ組が発した通り、プローストを繰り返す。皆から一歩二歩後退した幸彦が万理に促され、恥ずかしそうに小声でプロースト と言う。清恵はその様子をはがゆい思いで見た。

「うまいビールだなあ。わざわざドイツから持ってきたのか」

「そうよ、手荷物にして」

トーマスに語りかける万理を幸彦は眼を細め、見つめている。そんな末息子を清恵はさりげなく観察する。この子はどんな思いで姪の結婚を見つめているのだろう。幸彦の目の縁がしだいに赤くなっていく。

「これはドイツのウィンナーか。やっぱり日本のものとは一味違うな」

「トンカツもなかなかのものだ」

「ゆきべえ、これはシュニッツェルよ」

「薄いトンカツのようなものじゃないか。婆っちゃんには少し固いかな」

清恵はどうもないというふうに口をもごもごさせて見せる。

「婆っちゃん、気に入りの孫娘の顔も見たし、もういつお迎えがあってもいいな」

「何を阿呆なことを言うておる。私はおまえさんが嫁をもらうまでは死なれんのや」

「ああ、参った参った。すぐこれや」

清恵は末息子が不憫でならない。ところが、この馬鹿息子は少しも老母の気持ちを意に介さないのだ。「出会いセンター」設立の請願書も町長に提出した。町からはいっこうに音沙汰がないが、黙ってあの世へいくつもりはない。男村の汚名を是が非でも返上しなければならない。ああ、それにしても天の衣山で出会った民話の研究をしていた娘を無理にでも引き止め、幸彦と見合いをさせるべきであった。

「お婆ちゃん、気分でも悪いの」

黙った清恵を心配して万理が顔を見つめる。首を振る清恵に幸彦が笑った。

「婆っちゃんの病気が始まったんだよ、万理。心配するな」

直ちに悟った万理がトーマスに告げているらしい。早口のドイツ語が卓上を走る。

「お婆ちゃんとゆきべえは昔話に出てくる親子みたい」

一息つくと万理はしみじみした口調で言うのだった。

「異国にいても万理は昔話をときおり思い出すのかい」

「そうよ、懐かしくなるの。お母さんが仕事で忙しかった時、お婆ちゃんのお家へ預けられたことがあるでしょ」

清恵はころころとした小さな万理を思い出す。あの頃は夫の誠治もまだ元気であった。我が子のオシメはかえたことがなかった人だったが、万理のお尻の世話から遊びに至るまで清恵よりむしろ喜んで相手になった。

「万理はお爺さんにフンドシパンツを買ってあげるとと言っていたの覚えているかい」

「知らない」

清恵は眼を細め、遠くを見つめる。誠治が定年退職して数年経っていただろうか。夏の暑い日、ふんどし一枚で昼寝する誠治を見つめていた万理が突然、大発見をしたように「お爺ちゃんのフンドシパンツ、破れている」と言ったことがある。すると眠りこけていると思っていた誠治が「お爺ちゃんはこんなパンツしかはかせてもらえないんだ」と言ったのだった。万理は祖父をかわいそうに思ったのか、「私が大きくなったら買ってあげる」と誠治を宥《なだ》めたのである。

「ドイツも雪が降るのかい」

「たくさんは降らないけれど、冬はとても寒い、ねえ、トーマス」

清恵はうなずくトーマスを見る。誠治が生きていればこの異国の青年をどう思うだろうか。恐らく結婚に異を唱えることはしないだろう。が、驚きはするだろう。あの人は田舎の生まれにしてはハイカラなところがあった。女心がわかる人だった。

いつになくしんみりした笑みが清恵の頬を包んでいく。「おまえがいやなら私がもらう」と息子に宣言し、姑に気に入られて嫁入りしてきた清恵だったが、誠治も清恵がまんざらでもなかったのだろう。

戦前のあの頃、誠治は婚約時代、休日を利用してあちこち連れていってくれた。

「お婆ちゃん、先ほどから何を一人笑いしているの」

万理が顔を覗き込む。清恵はふふっと悪戯っぽく笑い返す。

「お爺さんはねえ、ハイカラな人だったんだわ。婚約時代に城崎、ほれ、温泉で有名なところ」

「知ってる。小さい頃連れていってもらったことがある。あの時はまだ、お爺ちゃんは元気だったわね」

「結婚前にその城崎へ泊まりがけで行くことになっていたんだ。ところが、姑さんに反対されてね」

清恵はくっくくと笑う。誠治が一応、お母さんに言っておくと、話したところ、鶴の一声で計画は駄目になったのである。

「結婚してないのにもってのほかだとね」

万理がトーマスに何か言ったと思うや、二人はからから笑った。

「それでもお爺さんはハイカラだった。学生時代、都会で過ごしたことがあったからかねえ」

清恵はそうつぶやき、大きな溜息をついた。その眼は必然的に幸彦の方を向いている。

「この子だけはどうしてお爺さんに似なかったのだろうねえ」

「始まった、始まった、いろはにほへと」

「ああまたこうして老いた親をからかう」

「幸彦以外の子は皆、自分で相手を探したのに、だろ」

「そうや、それがわかっていたらなんとかしなはれ」

「いやいや、婆っちゃんは長生きをなされます。快食快便、夜などご飯のお代りがない日はありません」

　清恵はげんこつをかざし、幸彦に向ける。

「いいなあ、ゆきべえは。いつまでもお婆ちゃんの子どもで」

「そんなことがあるものか。今はやりの自立できない息子なんだよ。私は母子密着などという汚名を早く返上したいよ」

「お婆ちゃんて、すごい言葉を知っているんだ」

　万理が感心したふうに言う。

「むかし、むかし、あるところに老いた母と孝行息子が住んでいました。兄弟は皆、出てしまい、末の息子だけが残り、田畑を耕し、貧しいながら幸せに暮らしていました。お婆さんは何も不満がありませんでしたが、気がかりなことが一つだけあったのです。それは孝行息子に嫁っこがこないということでした。奥深い山の村の畑を耕しながら日がな一日、そのことばかりを考えておりました」

「万理よ、お婆ちゃんはもう今までのようには鍬も鎌も持てなくなってしまったよ」

いくら強がりを言っても体がついてこないことをずっと前から清恵は自覚している。が、この男村にいて、弱気になればもうおしまいなのだ。

「お婆ちゃん、私の仕事知っているでしょ」

「ムジーク・セラピストとかなんたらいうものだろ」

清恵は老人ホームでムジーク・セラピストとかいう講師の女の人が、老いた男女を前に音楽に合わせて身体を動かしているのを見たことがある。その時、これが万理がドイツでやっているという仕事というものだろうか、と身を乗り出して見ていたものだ。

「私の勤める病院の患者さんとお婆ちゃんをつい比較してしまうのだけれど、お婆ちゃんはとっても幸せ。八十前後の人でもお婆ちゃんほど覇気のある人はいないわ。それに子どもが面会にくる人は数えるばかり。私、最近、考えが少し変わった。ドイツのような親子関係がよいのか、日本のような関係が幸せなのかわからなくなってきた」

「どういうことだい、万理。ゆきべえにはわかりかねるが」

ああ、この子はどうして世情に疎いのだろう。私でさえ、ドイツという国は生まれた時から親子別室であり、子と親は別個の個性を持った人間として育てることを知っているというのに。清恵は幸彦を見ながら歯ぎしりする。

「てっとりばやくいうと、ドイツでは赤子の時から親子は別々。日本は肌と肌の接触を大切にするから、赤ん坊を別室で育てるなんてことは一般家庭ではしないでしょ」

「なるほど」

幸彦はわかったような顔をしているが、果たしてどこまで理解しているものやら。清恵の眼は厳しい。

「つまり、お婆ちゃんとゆきべえのように一つ屋根の下でいつまでも親子が睦まじく暮らすような関係はドイツでは珍しいということなの」

「わたしゃ、嫌だよ。いつまでもこんな大きな子どもと暮らすのは」

「おうっ、婆っちゃん、その言葉、俺の方が言いたいことだよ」

幸彦が笑いながら言う。

「末っ子で親との縁も他の兄姉に比べたら短いからとかわいがったものだから独立できなくなってしまったのかねえ」

清恵は万理が生まれた時、世話にいき、娘の泰子と喧嘩をしたことを思い出した。病院から帰るや、泰子は赤ん坊の万理を別室に寝かせようとしたのだ。清恵は驚いて抗議した。

なぜ、いたいけなものを一人にさせるのかと。大邸宅ならまだしも団地の3DKに住みながら無茶だと。すると保育所に勤めていた泰子は自信たっぷりに「スポック博士の育児書」とやらを持ち出してきて育児論をぶったのだった。お母さんの子育ては古いのよ、五人もの子育てをしてきた母親にそんなことをしゃぁしゃあという泰子にひどく腹が立ったので彼女は以前、泰子の住んでいた団地の間取りまでしっかり覚えている。

「あんたのお母さんは外国の育児書を大切にしていてねえ、子どもは赤ん坊の時から人格を持った人間として育てなければならないと言ってたよ。だから万理は早くに独立してドイツへなんか行ってしまったのかもしれない」

「お母さん、そんなこと言ってたの」

「ハイカラ趣味だったからね」

清恵はくすりと笑み、肩をすくめた。彼女自身、若い頃、周囲の人間から言われた言葉だったからだ。猿や猪が出没するような田舎の人間が、次々子どもを都会の大学に出したりして、清恵さん夫婦はハイカラが好きなのだと。今の婆仲間もかつてそんな陰口を叩いていたらしい。

「ああ、ここにくるとほっとするわ、ねえ、トーマス」

黙って清恵たちのやりとりを見ていた異国の男はにっこりした。

「彼も同じ町にいながら両親と別々に暮らしているのよ。親が嫌いなからではなく、独立する時がきたの」

「わからないねえ。まず第一に経費の無駄ではないのかね」

「そんなことより大切なものがあるということなんでしょ。でもねえ、親が元気な間はそれでよいでしょう。問題は病気になった時。病院のお爺さん、お婆さんを見ていると考えさせられてしまう。週末になるとひたすら子らを待っているの。子どもたちが訪ねてこない人の方が多いけれどね」

「日本も今、そうなってきているよ」

澄まし顔で言う清恵に幸彦は言葉を向ける。

「そうすると万理が言うように息子と住む婆っちゃんは幸せ者ということだ。感謝してもらわんとな」

「何を勘違いしておる。私の方こそ、いつまでも嫁の代わりをさせられるのは御免こうむる」

万理がそんな清恵と幸彦をかわるがわる見つめながら笑っている。

「山の麓のトタン屋根の大きなお家。山と田圃と畑に囲まれ、眠っているような穏やかで静かな村。休日になるとゆきべえはお婆ちゃんと畑で野菜を作る。みずみずしいナスやキュウリにトマト。たった一つの不足はお嫁さんがいないこと。でも何かを得れば、何かを失う。人生ってそんなふうにできているのよねえ」

清恵は万理の言葉の意味するところがよくわかっていた。嫁がくれば幸彦と決別しなければならない。が、そのくらいの覚悟は彼女にはできている。とにかく今の自分の使命は出会いセンターの設立を成就させることである。坂田家の個人的な問題ではなくこの村全体の問題なのだ。

「男村と婆村の汚名をなんとしても返上しなければな」

「何、それ」

清恵の独り言を聞きつけた万理が怪訝な顔をしている。

「ここが今、口にした通りの村になっているということだよ」

万理はうなり、早口でトーマスに説明しているらしい。

その夜、風呂からあがってきた万理が残念そうな口調で言った。

「いつのまにあんなに近代的なお風呂にしたの。思い出の丸い樽のお風呂に入りたかったのに」

「何をこの子は言うのだい。今頃、五右衛門風呂のある家などないよ。そういえば万理は留学以来、婆ちゃんの家を訪ねたことがなかったのだね。おまえが向こうへ行ってからまもなく新しくしたんだ。お嫁さんをもらわないといけないからね」

清恵はふうと溜息をつく。あの頃は幸彦もまだ三十の初めだったか。結婚年齢として早くはなかったが、遅すぎるということもなかった。十年の年月が惜しまれる。その間、あの子にあまりにも多くのことが起こり過ぎた。清恵の脳裏を忌まわしい出来事が過《よぎ》っていく。

「これも運命というものかもしれない。幸彦は何度も死にそこなって、なお生きている。いや、ありがたいことに生かされているのだわ」

清恵はしんみりとつぶやく。それなら自分の願いは法外なものなのだろうか。万理が言うようにこの年になって息子と水入らずの暮らしができるのは考えようによっては幸せなことなのかもしれない。

「婆っちゃん、どうしたんだ。腹でも痛くなったのか」

幸彦が顔を覗き込む。清江はそのつぶらな瞳を見ながら、だめだめとかぶりを振る。何事も運でかたずけるのはたやすい。しかし、それは諦めに繋がりはしないか。

そう思うと彼女の萎《しな》びた体の奥から俄然力が湧いてきた。

「私には最後の仕事が残っているんだ」

清恵は毅然として言う。苦笑する幸彦のかたわらで万理が首を傾げている。

「万理、お婆ちゃんはね、最後まで生きたという生き方をしたいのだよ」

「お婆ちゃんは今も一生懸命生きているわ」

「ただ生きていればいいというものじゃない。この村を救うためにがんばる必要があるのだ。それまでは死ぬわけにはいかない。ようし、明日からしばらく中断していた仕事を始めるぞ」

清恵は仏間に行き、仏壇の前でぶつぶつつぶやき始めた。

「なるほど、さすがお婆ちゃんだ」

後方で幸彦から説明を受けた万理の声がしていたが、清恵の耳には入っていなかった。

翌朝、清恵は孫娘と婚約者を連れて姥桜会のメンバーの家を一軒，一軒訪ねた。

「まあ、万理ちゃん。夏休みにようきといでたな。覚えておりますよ」そう言いながら染子の眼は初めからトーマスに向いていた。清江の紹介を彼女は催促しているかのようである。

「万理が婚約者を連れて挨拶にきましたのやわ」

「へえっ、万理ちゃんが青い目の人と結婚を」

染子は薄々感じてはいたのだろうが、ことさら驚きの声を上げる。

「さすが、清恵さんのお孫さんや。ハイカラなことをしはります。私ら、思いもつきませんわ」

「今は昔と違ってドイツへも飛行機で十一時間もあれば行けますのえ」

「ふうん。私ら雲の上に立つなど恐ろしゅうて」

「何を時代遅れのことを言うたはりますのや。だから男村になってしまいますのや。そや、忘れるところやった。近々、また町役場に出かけてみてはと思いましてな。なんやら、合併騒ぎで町長さんに煙に捲かれてしまいましたからな。でも今度は事情が違いますえ。町は結局合併からも見放されてしまいましたのやからな。貧乏な町と合併してもメリットがないということらしい。ほんとにまあ、せちがらい世の中になってしもうたものや。けど、お染さん、このことは私らにとってきっと有利に働きます。私は確信してますのや」

清恵は力んだ顔を染子に向けた。

頭の回転の速い染子は清恵の思惑を飲み込んだらしく、大きくうなずく。

「つまり、他の町から見放されてしまってはいよいよ、独自の町作りをしなければならなくなってくる。それには嫁のこない村をいくつも抱えているようでは町の先行きがあやぶまれる。ねえ、お染さん。私らもねじり鉢巻きでやりまひょ」

染子は早速、町役場に談判に出かける日程を算段するため、姥桜会のメンバーの元に走るという。清恵は彼女を止め、自分がその役を引き受ける、というのだった。孫娘たちをちょっぴり自慢したい思いと、幸彦が姪にまで先を越されてしまったことを話すことで婆仲間に決起を促したかったのである。

案の定、松も梅も目を白黒させ、トーマスを見て言った。

「なんとまあ、お孫さんはやり手でありますこと。並の娘には外国人と結婚し、向こうの人間になることなどできませんやろ。思い切ったことですわ。清恵さんのお孫さんや、ハイカラで賢い女の人はやっぱり違う」

彼女たちの言葉の裏に清恵はまた別の響きをも感じとっていた。異国の男と結婚させるなど、親御さんはどんな了見やろ。清恵さんも清恵さんや。嬉々として孫娘の婚約者を連れ歩いたりして。外国にいては親の死に目にもあえませんやろ。たくさんお金を出して勉強させても何の役にも立ちませんわな。

が、清恵はぶるるんと頭を震わせ、余分なものを払い去った。それから彼女はできるだけ、沈んだ声で続けた。

「孫の結婚は喜ばしいことなのやけれど、幸彦のことを思うと哀れでねえ」

まつは大仰にうなずいた。、

「私も出会いセンターのことが気になっていましたのやけど、清恵さん、そろそろ直談判といきまひょか」

清恵はまつの手を握り、「ありがとう、おまつさん」と涙声で繰り返した。彼女は婆連中と話しているうちに本当に幸彦が哀れになってきたのである。まことの涙が頬を伝ってくるのを手で拭いながら、最後のがんばり時がやってきた感をいっそう強くするのだった。

万理は清恵がトーマスとの結婚を思っていたより喜んでくれているのを見て、ほっとしているように見えた。

「お婆ちゃん、ゆきべえには絶対素敵なお嫁さんがくるわ。だって昔話でもきまって最後には孝行息子は幸せになるでしょ。それに坂田家は天の羽衣の言い伝えを持つ家でしょ。今に天女が現れること間違いなしよ」

清恵は万理の話を耳にしながらいつかの民話を研究しているという女性、さえのことを思い出していた。確かに一夜の宿を提供したにはしたが、礼状が一枚きただけでその後、音沙汰はない。

万理とトーマスの乗った車が一本道を遠ざかっていく。手を振る孫娘の姿が見えなくなり、赤い車が視界から消えると清恵は俄かに悲しくなってきた。なんて自分は強がりの強情者なのだろう。気に入りの孫娘ともしかすると今生の別れになるかもしれないというのに。清恵は理解のあるお婆ちゃんを無意識のうちに演じていた自分が腹立たしくなってきた。

ドイツなんか遠くない、彼女は頭上に頭を広げていく入道雲を睨みつけるように見つめていた。が、深呼吸すると数日後の町長との話し合いに頭を切り替えたのだった。

あとがき

人は生まれ、老い、やがてあの世へと旅立っていく。誕生は喜びをもたらすが、老いは否が応でも死への扉を意識させ、受け入れ難い。だが忍びやかに、あるいは音を立ててやってくる。が、考えてみれば老いこそ人生の終着点、華やかに存分にまっとうすべきではなかろうか。人生の総仕上げが老いである。実際、そんな晩年を過ごしている人もある。

老いの入口に立った私は、再び老いを見つめるようになった。再び、というのは以前から老いというものに親近感を抱いていたのである。私の周りには、愛すべき年配者が少なくない。お婆ちゃん子、お爺ちゃん子で育ったわけでもないのに、顔に人生の年輪を刻んだ人々を見つめていると心が和んでくる。知人はいうまでもなく、見知らぬ高齢者ににこにこ声をかけられると途端に頬が緩んでくる。

ところが、現在、老人のどのくらいが満ち足りた暮らしをしているだろうか。孤独に生を終える姿を想像するだけで心が痛む。考えてみると老いをテーマにした小説を少なからず書いてきたのは、私自身が、お爺さん、お婆さんが好きだからだろう。

今回、久しぶりに現代小説集を出版することになった。迷わず、老いをテーマにした作品を選んだ。最初の三編、「天上の鼓」、「花不動」、「虹の懸橋」は滋賀県芸術祭小説の部で芸術祭賞を受賞した作品である。朝日新人文学賞を受賞する前の作品であるが、私には大変愛着がある。ときおり、読者の方から、「あの作品は本になっていないのか」と尋ねられることがある。福祉サービスは向上しつつあるが、高齢者の生きる姿は今とあまり変わっていないように思う。離村寸前の集落は「限界集落」という言葉で問題を投げかけている。限界集落は増え、老いた者はますます社会の片隅に追いやられている。

このような風潮があるからか、老人は弱い者として本来備わっている力までが剥奪されてしまったような感がある。こんな思いは私だけではなかったようだ。「老人のマイナス面ばかり強調しているような小説はこりごり」、「元気で愉快なお婆さんを登場させてほしい」。こうした声に押されて書いたのが近作、老女を主人公にした連作短編、「臍《へそ》の緒、五つ」、「男村」、「天の衣山」、「婆さまとゆきべえ」である。

いずれも主人公は同一人物で地方が抱える問題を内包している。陽の当たらない地方で一生懸命生きている人々に大きな声で叫びたい。「お爺ちゃん、お婆ちゃん、いつまでもたくましく、元気でね、私たちの功労者、万歳」と。

みずみずしい装画を描いてくださった福井美知子さんと、カバーデザインを担当してくださった山下恵子さんに心から感謝したい。このたびも、サンライズ出版の岩根順子社長に『源氏物語の近江を歩く』に続き、多大なご尽力をいただいたことは幸甚の至りである。

畑　裕子

●初出等一覧

「天上の鼓」　1989年1月「湖国と文化」第46号
「花不動」　1990年2月「滋賀文学」
「虹の懸橋」　1992年2月「滋賀文学」
「臍の緒、五つ」　2007年10月「奇蹟」第60号
「男村」　2007年10月「奇蹟」第60号
「天の衣山」　2007年10月「奇蹟」第60号
「婆さまとゆきべぇ」　2008年10月　書き下ろし

著者略歴

畑　裕子（はた　ゆうこ）
京都府生まれ　奈良女子大学文学部国文科卒業。公立中学で国語教師を11年務める。京都市内から滋賀県蒲生郡竜王町に転居。「天上の鼓」などで滋賀県芸術祭賞。「面・変幻」で第５回朝日新人文学賞。「姥が宿」で第41回地上文学賞。滋賀県文化奨励賞受賞。著書に『面・変幻』（朝日新聞出版）、『椰子の家』（素人社）、『近江百人一首を歩く』『近江戦国の女たち』『源氏物語の近江を歩く』（以上サンライズ出版）。日本ペンクラブ会員。

天上の鼓

2009年３月10日　発行

著　者／畑《はた》　裕《ゆう》　子《こ》
発行者／岩　根　順　子
発行所／サンライズ出版
滋賀県彦根市鳥居本町655-1
☎ 0749-22-0627　〒 522-0004

印刷・製本／ P-NET 信州

ISBN978-4-88325-384-5 C0039